www.ingramcontent.com/pod-product-compliance
Lightning Source LLC
LaVergne TN
LVHW041457190726
843491LV00008B/2411

هراري

دار حروف منثورة للنشر والتوزيع

الطبعة الأولى

الكتاب: هراري

المؤلف: ناصر الرقيق

تصنيف الكتاب: قصص

تصميم الغلاف: فريق الدار

تنسيق داخلي: فريق الدار

مراجعة لغوية: مؤمن عفيفي

رقم الإيداع: ٢٠٢١/٢٨٧٨م

الترقيم الدولي:978-3-3450-1003-3

مؤسس الدار

مروان محمد

Website: https://horofbooks.com

Fan page: http://facebook.com/horofsbooks

Email: info@horofbooks.com

هاتف جوال: ٠٠٢٠١١١٣٠٠٦٢٩٦ – هاتف جوال: ٠٠٢٠١٠٦٤٠٥٤٩٩٥

قصص

ناصر الرقيق

الفهرس

رحلة إلى هراري

كان لي شرفٌ كبيرٌ أن أقدم لقراء العربية مجموعة هراري المكوّنة من اثنتي عشرة قصة. كلٌّ من هذه القصص هي عدسة لمبدأ التكثيف في سرد الحكاية، و التركيز في وصف التفاصيل، ولا سيمّا الصدق وعنصر المفاجئة المتمرس في صناعة التفاجئ، إذْ لَمْ يتفرد القاص على وضع عنصر المفاجئة في منتصف القصة، بل تنوّع وتفرّد في كلّ قصة قصيرة على حدّة، أحيانًا يجيء العنصر في البداية، وأحيانًا قليلة في النهاية، وأحيانًا أخرى في المنتصف.

ولقد تمكن الكاتب من سبك الأحداث مع رسم شخوص مجموعته الرائعة، إذْ يروي لنا القصص براويين. الأول: عليم. والثاني: لا يعلم إلا التكلم. ولهذا انفردت المجموعة كجزء لا يتجزأ مِنْ بِنية الكاتب التي تحافظ على التوجه الفكري. وقد رسم بريشته وألوانه لوحة البراعة في الواقعية الجديدة، أو واقعية ما بعد الحداثة، أو ربّما ندعوها اليوم واقعية العصر السريع.

وأبرع ما أبدع فيه الكاتب هو التأثر بحياته التونسية إذ جاءت بعض شخصيات قصصه مغتربة مثله في بلاد أوروبا كالشخص الرئيس في قصة (في البنك)، وهلّت شخصيات أخرى تنتمي إلى التغريب مثل قصة المقموع وبطلها كريستوف ديلانوي، و وضعه أمام هيئة المحلفين. كذلك حفلة اللا توقع في نهاية رائعته القداحة والرسالة. والطرافة العربية خفيفة الظل والجسد، ورشيقة التبسم والضحك في قصته هراري. رُغم مأساة شبابها في البحث عن وظيفة، فالكاتب يعبر عمّا يُرى وعمّا لا يُرى. كأنّه ينقل الحاضر من غيب

التجربة. وامتاز كل الإمتياز بشدّة الملاحظة، وقوة الأسلوب، وبراعة التنقل من حدث إلى اللعب بذات الحدث.

كلٌّ ما يمكننا قوله في ختام اللا نهايات. إنَّ هذه المجموعة قراءة صادقة معبرة عن أحوال شباب الشرق الأوسط على العموم، والوطن العربي على الخصوص. تنتمي لأحلامهم وآمالهم وتدوين أفكارهم، تبعث بداخل جوهرهم الجزء الأكبر من الحكايا ألا وهو مَنْ يقرأ، ولِمَنْ يقرأ؟ وهل ينصر القارئ المتمعن في الأدب غير رقة الكاتب وإبداعه؟

مؤمن عفيفي

القاهرة _ مصر

في التاسع من كانون الثاني / يناير ٢٠٢١

إهداء

إلى امرأتين في حياتي!
الأولى حملتني صغيرًا، والثانية تحمّلتني كبيرًا، فعشت بين حضنيهما دهرًا من الحبّ لا ينتهي، وحبلًا من الودّ بلا نهاية.
إلى الذي أنفق عمره، كي أمسك القلم.

أهديكم جميعًا ما أكتب.

«التدوين، الكتابة، السرد، القصّ، الحكيُّ، والقلم، هي آخر ما تبقّى لهم من أسلحة في هذا العالم، ليدافعوا بها عن أنفسهم»

في البنك

وقفت في صف طويل منتظرًا دوري، كنت في وسطه تقريبًا، أمامي يوجد عشرة أشخاص، وورائي مجموعة لم استطع تحديدها لطول الصف، و اعوجاجه حيث بدا كذيل ثعبان هَرَم، نُزِعَ نصف جلده ذات صيف. لم يتقدم الصف قيد أنملة. كان متوقفًا تمامًا منذ ساعة على الأقل. أحد أعوان الاستقبال الكثيرين، والذين لا علم لي بِمَا هي مهامّهم بالضبط، أخبرنا أنه هناك عطب في المنظومة الإعلامية، وبالتالي علينا الانتظار، لكن هذا الوضع لم يرق للجميع، فبعض المنتظرين أبدوا امتعاضهم من الأمر خاصة مع سريان شائعات أطلقتها المعارضة المتواجدة خارج البلد، تفيد بأنَّ الحكومة تعاني عجزًا ماليًا في الموازنة العامة نتيجة الفساد المنتشر في أجهزة الدولة، كانتشار مياه الصرف الصحي الآسنة في شوارع الأحياء المنسية، و بالتالي، فلن تستطيع توفير الأجور لهذا الشهر، و إذا تعلّق الأمر بالأجور تكون الحرب، فالموظف حدّثه عن كلّ شيء حتى عن نزع سرواله فوق مسرح الهواء الطلق، ولا تحدّثه ولو بدعابة سخيفة عن عدم صرف الرواتب، فالراتب هو آلهة الموظّف، التي تحييه و تميته.

طال الإنتظار فأضطر أغلب الواقفين لإفتراش الأرض، لكنّي بقيتُ مُنتصبَ القامة، أتقوّى على آلام ألّمت بي نتيجة إنزلاق غضروفي، جعلني أبدو كعود صبّار مستقيم الأعلى و الأسفل، معوجّ الوسط.

كيف أجلس على الأرض؟

مستحيل أفعل ذلك!

ماذا لو ردّ أحدهم خبرًا لزوجتي؟ أو رأتني إحدى قريباتها المشنفخات اللاتي مازلن إلى الآن لم يَعِين كيف أحبّت قريبتهم واحدًا مثلي؟

ماذا سأقول لها لو سمعت؟

كيف سأجيبها؟

أكيد ستكسّر رأسي كالعادة بحكايات أمّها البليدة، و لن يكون لديّ ما أجيبه بها، لقد أمضت الزمن الأوّل لزواجنا في تعليمي " الإتيكيت" و فرضن عليّ - هي وأمّها - ما أطيق وما لا أطيق بدعوى التقاليد العريقة الضاربة في المدنيّة لعائلتهما، وفي النهاية كنت أفشل في كلّ اختبار أتعرّض له.

فعائلة زوجتي، وأمّها بالذّات، لولا نبوغي و تفوّقي العلمي، والحبّ الخرافي الذي وقر في قلب ابنتهم تجاهي، لَمَا وافقوا أبدًا أن يرتبط اسمي باسمهم، فأنا طه الحويمدي القادم من هناك، من بعيد، من قلب الوطن المعطوب، من زمن منسي. وهي أنوار العابد سليلة آل العابد، الذين إرتبطا بهم السياسة والمال و ارتبطوا بهما، لا نشبه بعضنا في شيء، عدا شيء واحد و هو أنّ جواز السفر، و الذّي لم أمتلكه بعد، مكتوب فيه في خانة من الخانات « من دولة كذا »

كما أنّ الهيبة التي ورثتها عن جدّي، والوقار الذي اكتسبته من الوظيفة، التي ناضلت للحصول عليها، وهذه قصّة أخرى، لا يسمحان بالجلوس أرضًا، كما فعل بعضهم، رغم الرغبة الجامحة التي اجتاحتني، للتخلّص من " الإتيكيت"، واسترداد شيء من ذاتي المفقودة، ومن الذكريات المنسحبة من حياتي بأنْ أفترش الأرض كما كنت أفعل أيّام الحصاد ومواسم جني الزيتون واللوز، آه كم أشتاق باديتنا، آه يا ابن الحويمدي نسيت أهلك، و لبست بعدهم ثوبًا غير ثوبك، لكنّ ذاك زمن غابر يا طه، أنت اليوم السيّد طه الحويمدي، فلا تفكّر أبدًا

بالماضي؛ لأنّه كمرساة تشدّك فلا تتركك ترحل أبدًا، تطير في دنيا الله الواسعة.

كان يتوجب عليّ اليوم البقاء واقفًا، شامخًا و تحمل التعب على أن أظهر بمظهر الخانع، الذي ينتظر أن تمنّ عليه الحكومة ببضع ملاليم، وهو يفترش أرضية القاعة كالمتسولين، لا لن أفعلها، و الحكومة لا تمنّ عليّ بشيء، بل هو حقي؛ أي نعم حقي، اشتغلت لفائدتها، و عليها أن تدفع لي راتبي، و حتّى إن لم تفعل، فلن يضيرني في شيء، أنا لست مثلهم، أنا لا أعبد هذا الراتب الوضيع، فهو لا يمثّل شيئًا مقابل ما أقدّمه لهذا الوطن الكئيب، هو مجرّد تعويض بسيط عن ساعات طويلة من الإجهاد و التعب، من البحوث المتواصلة. وهذه الحكومة من واجبها الأخلاقي أن توفّر ما اِلتزمت به على الأقلّ.

صحيح أنّي لست معارضا، لا لزوجتي و لا للحكومة، و لكنّي لست مؤيّدا لهما.

فزوجتي و الحكومة يشبهان بعضهما البعض، كلاهما يصدر الأوامر، و يطالبني بالتنفيذ دون أنْ يأخذا رأيي.

أنا رجل مسالم و طيّب، و لا أبحث إلاّ عن السلم، و هذا ما لم تفهمه، لا زوجتي ولا الحكومة. كذلك كنت في الجامعة ثخين العقل، سامح الله جميع أصدقائي. غالبًا ما أتهموني بالجبن، أنا لست كما قالوا، فقط أنا عقلاني، أنا رجل واقعي لا أرى فائدة في الشعارات، فالجميع يرضع من نفس الصدر، إذن ما فائدة تغيير السرج إن كان البغل واحدًا؟!

ما زال الصفّ على حاله، و الناس تزداد وتزداد معهم زحمة الانتظار، أمامي مباشرة وقف رجل بدين بدا لي من خلال وجهه المدوّر، ورأسه المكوّر، وشواربه الكثّة، وحواجبه الغليظة، ويديه المشققتين أنّه من أصحاب المهن الشاقّة، لكنه

أمام تواصل المعاناة، كما سمّاها لم يجد بدًّا من الجلوس على الأرضية، خاصة أنّه يعيش صراعًا مريرًا مع كرشه الذي سبقه للأرض، جلس ومدّ رجليه على أصوات الكتل الهوائيّة المنبعثة من فمه، فهذه الجلسة الوحيدة التي تناسبه، حاول أن ينزل قمصيه؛ ليغطّي ما بدا من مؤخرته، لكنّه لم يفلح، فترك الأمر على حاله، كان ينفخ كالثور و الشرر يتطاير من عينيه، أدخل يده في جيبه، فأخرج نصف سيجارة. بدا أنّه دخّن نصفها في وقت سابق، ثُمَّ همّ بإشعالها غير مكترث لعلامات منع التدخين المثبّتة على الجدران لولا أنّ قدّاحته أبت أنْ تشتعل، فلعنها ولعن صانعها، ازداد حنقًا، وقد فاض غيظه، فقال مُهَدِدًا:

- لن أخرج من هنا إلا بأموالي، اليوم أكملت ثلاثة أيام أجيء وأعود دون أن أحصل على شيء!

غير معقول هذا، لست هنا لأحصل على راتب، أنا هنا لأسحب من مالي الذي أودعته في حسابي! كيف يقولون أنَّ الحكومة ليس لديها مال؟ ماذا فعلت بمالي الذي أودعته في مصارفها؟ أليست لديها مطابع، لماذا لا تطبع النقود، و تريحنا من هذا العذاب.

عندها التفتت إليه امرأة نحيفة، طويلة بعض الشيء، عيناها شديدتا السوّاد، ويبدو على شعرها آثار صبغة حمراء باردة، ترتدي سروال جينز أزرق، وقميص أبيض مفتوح الأقفال العلويةّ، وحذاء أحمر داكن بكعب عالٍ، كانت تقف أمامه. حيث قالت:

- الأمر ليس هكذا يا أستاذ! -

- لست أستاذًا، أنا فحّام، أقطع الشجر، ثمّ أحوّله لفحمٍ.

هممت بالكلام مخاطبًا للبرميل المرمي على الأرض. يا لك من مجرم، أتقطع الشجر باعث الأكسيجين، عنوان الحياة وتحوّله لفحم؟! لأوكسيد قاتل! أنت الوجه الآخر للحكومة،

فهي تقطع رواتبنا، تقطع عنّا الحياة، وأنت تقطع الشجر، تقطع عنه وعنّا الحياة أيضا، كلاكما عدوّ للحياة.

قبل أن أسمع المرأة، و هي تجيبه قائلة:

- أعلم ذلك، وأستاذ تعني وصفًا للمخاطب.

- دعينا من هذا الكلام الكبير الذي لا أفهمه، و لا يفيدني، ماذا تريدين؟

- لا شيء، فقط أن أبيّن لك.

- تبيّني لي ماذا؟

- أنّ الحكومة لا يمكنها أن تطبع الأموال هكذا، كما تريد!

- طبيعي أن تقولي مثل هذا الكلام، فأنت ابنة الحكومة، أكيد أنّك موظفة، لا شك في ذلك، ولهذا أنت تدافعي عنها، أمّا أنا وأمثالي فلا أحد يفكر فينا، فأبناء الكلب مثلي يجب عليهم العمل ليلًا نهارًا كآلات، ليدفعوا نهاية كلّ شهر الضرائب للحكومة التي تقدمها كرواتب لأمثالك.

- أنا لست ابنة الحكومة، أنا ابنة هذا الشعب، والرواتب التي نقبضها نظير ما نقدمه لك و لأمثالك.

اِرتفع صوت الفحّام أكثر، فدارت نحوه كلّ الرّقاب، وعيون الواقفين والجالسين أصبحت ترقبه، وتنتظر ما سيقول.

- هه ابنة الشعب، لم أكن أعلم أنّ الشعب مترف لهذا الحد، ألم تنظري لهيأتك في المرآة؟ هل تشبهين هذه الوجوه الكالحة، اِلتفتي إليهم، أنظري لا تخافي، لن يعضّك أحد. قالها وهو يفتح فمه، مبرزًا أسنانه، وقد صدر عنه صوت أشبه بنباح كلب جائع. ثُمّ واصل كلامه:

- ثُمَّ ما هي الخدمات الجليلة التي تقدميها لأمثالي حتى تتمتعي براتب، و أنت جالسة في مكتب مكيّف و تحصلي على سيّارة من الحكومة و وصولات الوقود و تذاكر المطاعم و.. و.. و..

- ماذا تقصد يا هذا؟
- أقصد أنّه يجب عليكم التوقّف عن العيش في فروة جلودنا كالقراد، يا موظّفي الحكومة.
- أفٍّ، أنا مخطئة من البداية، كيف أقبل الحديث مع جاهل كهذا.

قالتها همسًا، بل تمتمة، وأشاحت بوجهها عنه.

حاول الفحّام الوقوف، دفع برجله اليمنى للأمام، و رمى بكلّ ثقله فوقها، لعلّ ركبته تسعفه بحمل مرفقيه العريضين إلى أن استطاع ذلك بعد عناء، و جرجرته كصفّارة قطار فحم حجري، تظاهرت بأنّي غير مهتمّ بما يحصل مخافة أن يمسكني، ويُطفئ فورة غضبه في وجهي ظنًّا منه أنّي ابن للحكومة أيضًا. اللّعنة على هذه الحكومة، التي لَمْ نَر منها سوى المتاعب.

عاد النقاش من جديد بينه وبين المرأة، اِحتدّ أكثر هذه المرّة، فتركتهما في جدالهما، الذي كثر وتشعّب لمواضيع لا تكاد تجد لها معنًى، أو مستقرًا. ثم أدرت رأسي للخلف قليلًا محاولًا استراق لحظة دون ألم في غفلة من ذاك الانزلاق، الذي يبدو أنّه سينهيني قبل أن أبدأ. اللّعنة على الأسقام، لكم هي جبانة.

المرض يشبه الحكومة. كلاهما جبان لا يواجهانك مباشرة، فهما يتخفّيان ويبدآن في حياكة الآلام، لسرقة ما جمعته في وقت عافيتك.

استمتعت بلحظة منعشة مع استدارة رقبتي، وأنا استمع لطقطقتها، فتناهى لسمعي حديث خافت ورائي، لامرأة أربعينيّة كانت تمسك بهاتف جوال، وقد وضعت سلكين أسودين متصلين به في أذنيها الذين تدلى منهما قرطان من الذهب يتوسط كل منهما جوهرة خضراء براقة، وهي تهمس برفق لمخاطبتها، إذ كانت تحدثها عن مشاكلها مع زوجها، وعدم اهتمامه بها، و لا مبالاته، التي لا حد لها:

- تخيّلي يا نوّارة كنت أنتظر يوم السبت بفارغ الصبر، علّه يُطفئ ما بالجاش، إذ كنت أجد له العذر وسط الأسبوع مقدرّة ضغط العمل والإرهاق، فكنت أستيقظ منذ الصباح، فأذهب لحمام « عين السلطان » وأنتظر منوبية بنت لحمر لتقوم بغسلي، فقد كانت يداها كفيلتين بجعل كل قطعة لحم في جسد المرأة مشتهاة لوحدها، ثُمَّ أتوجه لسامية الحلاقة، التي كانت تقوم معي بالواجب، تضع لي أفخم ما عندها من مساحيق وعطور، لتزييني حتى أنّي حين أمر بمقهى " حصّاد " في طريق عودتي للبيت. تنبعث التنهيدات من صدور الرجال كإعصار مدمّر يكاد يعصف بأضلعها المتهدمة من آثار التدخين، وقد كنت أشعر بمئات العيون تلاحقني، و تطلق سهام إعجابها نحوي، لكنَّ عينيه الوحيدتان اللتان كانتا لا ترى ما تراه العيون، لقد أعمى القمار و الخمر بصيرته، إذ كان ينظر ولا يرى، يعود متأخرا من سهراته فيجدني بانتظاره لكنه دائما متعب، غائب في وجوده، أحاول مداعبته، فيمتنع ويتعلل كل مرة بسبب جديد حتى أني شككت في أنه ربما يكون مسحورًا فبدأت رحلة طواف على العرافات و العرافين، ثُمَّ ما لبثت أن قلت ربما يعاني عجزًا جنسيًا فاقترحت عليه أن نزور طبيبًا، لكنه رفض رفضًا شديدًا و قال لي أنا « صح ستار »، إذن إن كان كلامه صحيحًا فما به يا نوّارة؟

زفرت زفرة سمع صداها في أرجاء القاعة رغم الضجيج، وكاد الحماس يدفعني لأجيبها قبل نوّارة، لكنَّ صوت ذلك الرجل الذي يقف أمامي، وهو يزمجر في وجه أحدهم عفس على أحد أصابع رجله، قطع عليّ لحظة النشوة تلك ولولا ضعف حيلتي، لصفعت خده المكتنز، ليتعلم السكوت في لحظات منعشة كهذه.

تركت تلك الفاتنة مع نوّارة، وذاك البدين مع ألمه، بعد أن جلبت اِنتباهي مجموعة من النساء والرجال بَدَأوا بالتجمهر أمام باب مكتب صغير من الجهة اليمنى للصف الذي كنت فيه، حيث علا صياحهم، وهم ينكرون على الموظف الجالس داخل مكتبه، بأنّه قام باستقبال إحداهن، رغم أنّها كانت في آخر الصف، فقلت في نفسي الحمد لله أنَّ صفنا مازال محافظًا على نظامه رغم اعوجاجه، ومع كثرة الضجيج خرج المتّهم، ثُمَّ قال لهم:

- ألم يخبركم عون الاستقبال أنّ منظومة الإعلامية معطلة؟

فأجابه أحدهم:

- وما دخلنا نحن في المنظومة؟ لقد تعودنا منذ زمن بأنّ ملاليمنا تأتي في أكياس، ثُمَّ توزع علينا بعد أن يقدم كل منا قصاصته.

- هذا لم يعد معمولًا به.

- منذ متى؟

- منذ اليوم.

- ومن اِتخذ القرار.

- من فوق .

- و لكنكم لم تخبرونا.

- ها أنا أخبركم الآن بأنكم أصبحتم تابعين للمنظومة، ويسري عليكم ما يسري على الآخرين، وبالتالي عليكم الانتظار.

حينها تكلمت إحدى النساء التي يبدو من خلال ملامحها أن الفقر تمكن منها، وفعل فيها فعله، قائلة:

- ولكننا رأيناك تقدم للمرأة الجالسة في مكتبك مبلغًا من المال نقدًا .

- إنها حالة خاصّة، وهي آخر من استفادت من النظام القديم، والآن عليكم التراجع للخلف والاستواء في الصف، ثُمَّ الإنتظار وإلاّ سأغلق المكتب.

تراجع هؤلاء المنتظرين على مضض وهم يكادون ينفجرون من الغبن الذّي شعروا به، إلى أن مرّ بجانبي أحد الذين كانوا يقفون معهم ثم خرج مغتاظًا لا يروم البقاء وهو يسب ويلعن، فسألته عن حالهم، فأخبرني أنهم مكفولون من طرف جمعية أجنبية في إطار برنامج لمكافحة التسول وقعته الحكومة مع هذه الأخيرة التي تتكفل كل شهر بدفع مبلغ زهيد من المال على أن يصرف نصفه للمستفيد وربعه للحكومة والربع الأخير للبنك الذي قبل بأن يكون منسق المشروع، ثُمَّ سألته، وما بال تلك المرأة التي تجلس مع الموظف، فأخبرني بأنها صديقته، وأنه هو من دعاها لأن تدعي بأنها متسولة حين زار الوفد الأجنبي الممثل للجمعية حيّ «الخرّار» لمعاينته و الوقوف على ظاهرة التسول التي وسم بها باعتبار أنّ أغلب سكانه يعملون كمتسولين، ثُمَّ أضاف. لقد كان الحي يسمى قديمًا حي « الخرّار » لكن درجت تسميته بحيّ « الخرا » لذلك سعت الحكومة لتغيير هذا الإسم بتركيز لافتة كبيرة في مدخله كتب عليها حيّ « الديمقراطية »، قال لنا مسؤول الحزب الذي زارنا وقتها صحبة جيش من مرتزقته بعد أن قام بعض الفتية بالتغوّط في أكياس من البلاستيك، ورشق اللافتة بها، بأنّ تلك اللافتة تكلفت على المجموعة الوطنية خمس مائة ألف دينار، وبأنها مكسب عظيم للحي، سيساهم بلا شك في رفع تلك الصورة السلبية عنه، وكلام كثير لم أعد أذكره، لأنّه حين كان يتكلم قام أحد الحاضرين « بالتعفيط » له، فحاول أعوانه ضرب الرجل، فاشتبكوا مع أهل الحي الذين تفوقوا عليهم لولا تدخل قوات الأمن التي بلغ بها الأمر لاستعمال الرصاص

المطاطي، وكان المشهد عظيما لأن أهالي الحيّ استطاعوا تهشيم سيّارة رئيس مركز الشرطة، كما أنّ أحدهم نجح في شجّ رأس مسؤول الحزب بحجر...واستطرد الفتى في حديثه المليء بفخر المنتصر في معركة عادلة.

إلى أن سألته أيضًا، و أنت ماذا تفعل معهم؟

فقاطعتني تلك الكتلة من اللحم الواقفة أمامي،

- ما بك يا رجل؟ ألا تنتهي أسئلتك؟ أترك الفتى يخرج هكذا نرتاح من خلقته.

تركت الفتى يذهب، ثُمَّ سكت، ولم أنبس ببنت شفة.

مضى الوقت، فعمّ الصمت، ودبّ القلق أكثر في نفوس المنتظرين، ولا يبدو أنه هناك حلّ في الأفق، وما أزّم الوضع أكثر أنّ اليوم يوم جمعة، فالدوام ينتهي الساعة الواحدة وهو آخر أيام العمل الأسبوعي أيضًا. وبينما نحن على تلك الحالة الضبابيّة، خرج لنا من أحد المكاتب رجل قصير القامة عرفت بعدها أنّه مدير البنك بالنيابة، سحب نظّاراته الطبيّة من جيبه، وألقى بها فوق أرنبة أنفه، ثُمَّ أخذ ورقة من جيبه، مدّها وبدأ يقرأ ما فيها:

أيّها السادة و السيّدات،

- على الجميع المغادرة بعد أن يحصل كلّ الموجودين على أرقام يمكن بمقتضاها العودة يوم الإثنين للحصول على المال، لأن وقت صلاة الجمعة قد حان، ووقت غلق البنك لأبوابه قد حان أيضًا، فالساعة تشير للواحدة والنصف، نحن آسفون، وبنكنا دائما في خدمتكم و معًا نحو غد أفضل.

عندها جنّ جنون الجميع، ولم يبق في القاعة عاقل سواي والمرأتين، الجميلة التي تقف خلفي، و النحيفة التي تقف أمام البدين، ثم انتبهت للأخير، وقد أزبد وأرعد في الكلام قائلًا لمدير البنك:

- لا صلاة ولا هم يحزنون، منذ متى وأنتم تصلون؟ لن يخرج أحد من هنا قبل أن نحصل على أموالنا، نريد مسؤولًا في الحكومة نتحدّث معه.

ثُمَّ سانده جمع غفير من الناس، نعم ، إيه، هذا هو، معك حق، نريد مسؤولا!

ولم أشعر إلا والأيدي تتدافعني كريشة تلاعبت بها الريح في يوم عاصف، وبين يد تسحبني من معطفي، وأخرى تدفعني من خلف، وثالثة تفتح لي الطريق، وأنا أتألّم من شدّة الوجع، وجدت نفسي أمام مدير البنك بالنيابة، وقد تجمّع خلفي كلّ من كان بالبنك، ويد الرجل الضخم تضغط على كتفي، وقد أنشب أصابعه المشققة في عظامي وهو يقول:

- منذ الآن نحن معتصمون هنا، وهذا الأستاذ هو الناطق الرسمي باسمنا.

فعلت صيحات التكبير، والدعوات لوحدة الصف، ونبذ الفرقة، والهتاف بحياة العمّال المسحوقين.

القدّاحة و الرسالة

نعم أنا تاجر ناجح، بنيت مجدًا من لا شيء، خرجت من العدم دون أيّ دعم، دون مساندة، دون توجيه حتّى، لكنّي بسرعة عرفت الطريق، طريق الكدّ و الجدّ و العمل المتواصل، فرغم أنّ حظي من التعليم لم يكن كبيرًا، لكنّ إصراري على أن أصبح كبيرا في هذه الحياة دفعني للتشبث بأحلامي التي لم تكن، كأحلام أقراني، بل تعدتها، تجاوزتها، فأحلامي كانت أكبر، أعترف أنّي تعبت كثيرًا، لأصل لما وصلت إليه إذ لم تكن رحلتي سهلة، لكن مع ذلك واصلت المسير، فالمهم عندي ليس طول الطريق، بل الوصول إلى آخره وإن بعد عناء وتعب.

لقد تمكنت من امتلاك عدد من العقارات في أفخم المناطق وأغلاها، البنوك كانت تتسابق للفوز بتوقيع منّي يحوّل رصيدا من أرصدتي لحساباتها، كنت أغيّر سياراتي باستمرار، فأنا مولع بكل جميل، والأهم من كلّ هذا، أني تزوجت المرأة التي أحببت، صحيح أنّ الله لم يرزقني الأبناء لكن أجدني سعيدا.

ومثل كلّ أصحاب الأعمال، كنت كثير السفر، وفي أحيان كثيرة أقضي أيامًا متواصلة خارج البيت.

لم تكن زوجتي تهتم لغيابي، لم تكن تهاتفني، الآن فقط انتبهت لذلك، الآن فقط أتساءل لماذا؟

لم يخطر ببالي أن أطرح على نفسي سؤالًا كهذا قبل هذا الوقت، لكني الآن أتذكر كلام أبي حين قال لي ناصحًا:

- بني لا تركب مهرة أنت لست فارسها.

أجبته حينها باستهزاء لم أبدِه له:

- ولكني فارس امتلأت جيوبه بالقمح الذي تهواه كلّ مهرات.

ضحك أبي وأشار برأسه في حركة دائرية حتى تدلّى من عليه جزء من لحافه إلى فوق كتفيه، فبانت بقايا شعيرات بيض مازلن متشبّثات بالبقاء فوق صلعته اللماعة يرشدن عن دهر من الحكمة يقيم داخل تلك الجمجمة، ثُمَّ قال:

- ولكنّ القمح وحده لا يكفي لإشباع مهرات.

مضى حين من الزمن وأنا من سفر لسفر أجمع ما لا كنت أخاله يعوضني عن دمامة خلقتي، لكنَّ الجمالَ لا يعوضه شيء، فالنفس ميالة بطبعها لكلّ جميل وأكثر ما يعشق في الإنسان وجهه، فهو أجمل ما يرى منه، وأجمل بالعينين في هذا الوجه المليح. لكني لم أمتلك وجهًا جميلًا، ولا عينين جميلتين، وحتى أكداس المال الذي جمعتها لم تجعلني جميلًا في عينيها.

في يوم أذكره جيدًا، أخذت حقيبة سفري، واتجهت نحو المطار، كانت صفقة العمر بانتظاري لكن في الطريق وصلتني رسالة من رقم مجهول " مراد عد للبيت، زوجتك مريضة جدا".

لم أفكر لحظتها بشيء سوى بالعودة إليها. كنت أحبها جدًا. كانت الساعة تشير إلى الثامنة والنصف ليلًا حين وصلت البيت الذي كانت أنواره مطفأة على غير العادة، أوقفت محرك سيارتي، نزعت المفتاح، دفعت برجليّ و نزلت، تركتها خارجًا ولا أدري لماذا فعلت ذلك؟ وجدت باب السور الخارجي مفتوحا، دفعته و دخلت، سرت في الحديقة الفسيحة التي كانت تفوح منها رائحة القرنفل والياسمين و النعناع حتى وصلت أمام الدرج الذي لم يكن يضمّ سوى ثلاث درجات مغلفة برخام ساحر، صعدتها بخفة لأجد نفسي أمام باب البيت، أدخلت يدي في جيبي وسحبت المفتاح، وضعته في القفل، وأدرته برفق مخافة أن أزعج حبيبتي، فتحت الباب، لكنّي لم أتبيّن أيّ شيء،

فالعتمة كانت تسيطر على المكان، و الظلام كان حالكًا إلا من ضوء خافت لاح لي منبعثًا من غرفة نومي، دلفت للداخل، وتقدمت بضع خطوات في اتجاه الضوء، كانت عيناي ترمشان بشدّة، وهما تطالعان مصدر الضوء، وأنفي الذي غدا كأنف كلب حراسة يتشمم الروائح الغريبة بعد أن داعبته رائحة عطر لم يألفها.

هذا ليس عطر زوجتي!

أنا لا أعرف هذا العطر،

هل غيّرت عطرها؟

تقدّمت أكثر، فزاد غبق العطر الغريب في المكان، لقد تحولت دعابة العطر لأنفي لضيق يكاد يكتم أنفاسي التي تسارعت وازدادت معها دقّات قلبي حين سمعت أصوات آهات ظننتها أصوات الوجع الذي ألمّ بحبيبتي، فأسرعت راكضًا نحوها، لعلّي أحمل عنها شيئًا من الألم، فتحت باب غرفة النوم كالمجنون، لكنّي تسمرت عنده، ولم تستطع قدماي مجاوزته!

يا لحمقي و غبائي!

يا لخيبتي!

تسمرت بعد أن تحوّلت في لحظة لكومة من الرجولة المحطمة، كان أكثر مشهد أرعبني في حياتي، تراجعت قليلًا للوراء لاهثًا، مقوس الظهر، أكاد أسقط من شدة الرعب لولا أني استحضرت ما بقي عندي من قوة.

تمنيت لو لم أعد، لأرى ما أرى، بقيت زهاء الدقيقة، أو يزيد. لم أعد أذكر وأنا واقف عند الباب، أحسست بشيء ما يخزني في أطراف أصابع يدي اليسرى، وسرى شيء من البرود في أسفل قدمي، لكنّي مع ذلك بقيت واقفًا لم أسقط، فالسقوط ليست مهنتي، لم أتعوده.

ظننت للوهلة الأولى أنها قد علقت نفسها في خيط الكهرباء منهية حياتها، و ليتها فعلت، لكنها كانت مجرد أماني، مجرد سراب مرّ كوميض البرق في خيالي، كذاك السراب يحسبه الظمآن التائه في صحراء بعيدة ماء، ما أحلى الأماني في هذه اللحظات، وما أصعب الواقع، ما أصعب الحقيقة حين تقف عارية، مجردة أمامنا.

كم كنت مغفلا!

لماذا لم أنتبه لحركة رأس أبي؟

أبي رجل خبر الحياة، أبي لا يحرّك رأسه، ولا يديره إلا لحكمة، لماذا لم ألتقط تلك الإشارة؟

أنا تاجر إلتقط كلّ الإشارات في السابق، لكنّ هذه فاتتني، إنّها الغفلة، إنّه غباء الرجال.

أعترف الآن، أنا رجل غبيّ!

اِنتبهت من غفلتي البسيطة، التي مرت كأنها السنين الطوال على حركة سريعة من ذاك الغريب محاولًا لملمة أدباشه، والهرب من النافذة. ربّما خوفًا من ردة فعلي، ولكن أنّى لي برد الفعل، وقد هزمتني الوقائع، وأوقعت بي في هوة سحيقة، في غياهب الذلّ والمهانة!

بادرته بإشارة من سبابة يدي اليمنى التي كانت تتمايل يمينًا ويسارًا موحية برفض فعل ما، إشارة سرعان ما التقطها ورد عليها بإشارة بكامل يده مبديًا تساؤلًا مشوبًا بحذر و خوف شديدين، أشرت من جديد بحركة من يدي تعني أن اقترب، بدا خائفًا و غير واثق من ثباتي.

تواصلت لغة الإشارة بيننا فقد كانت اللغة الوحيدة التي يمكن أن نتخاطب بها في لحظة كتلك، لماذا الآن ألتقط إشارات غريب عنّي؟ لماذا لم ألتقط إشارة أبي؟

حين اِقترب مني سألته سؤالًا واحدًا!

من أين دخلت؟

أجابني وهو يشير بإصبعه إلى الباب.

أحسست بأنّ ذلك الإصبع بالذّات كسيف قاطع رُفِعَ في وجهي، كمسدس به رصاصة واحدة اِنطلقت نحو رأسي، لا لا! لا هذا ولا ذاك، هو إصبع القاضي حين يشير بتحويل أوراق أحدهم للمفتي.

توجهت نحو الباب، و فتحته، ثُمَّ قلت له،

- تفضل مع السلامة

لم يصدق ما قلت، هذا ما رأيته في عينيه، فقد ظن أني سأباغته بضربة من الخلف أنتقم بها لكرامتي المذبوحة، لذلك لم يشأ أن يوليني ظهره، بل ظلّ يتراجع للخلف في حركة بطيئة وحذرة إلى أن وصل الباب، لكن قبل أن يخرج قلت له:

- عندي طلب

رفع حاجبيه متعجبا!

نعم لا تستغرب، أنت دخلت بيتي دون إذني، وها أنا استأذنك في الحصول على قدّاحتك، أريد أن أشعل سيجارة.

أدخل يده في جيبه، ومدّ لي القدّاحة، التي كانت فضية اللون وقد رسمت عليها امرأة، أخذتها منه، ثُمَّ أشعلت سيجارة، وأخذت نفسًا عميقًا بعمق جروح نفسي المحطمة.

ذهب الغريب، وأغلقت الباب وراءه، ثمّ عدت لها، وجدتها مازالت على حالتها، و كأنها ما تزال تحت تأثير صدمة عودتي غير المتوقعة وردة فعلي الباردة، لم أكلمها، و توجهت نحو خزانة الملابس حيث أخذت ملابس الاستحمام، وذهبت لأستحم.

كنت بحاجة لحمام ساخن جدًا يبعث في جسمي شيئًا من حرارة الحياة بعد أن دبت فيه إشارات الفناء، كان الماء حارًا جدًا، لكني كنت استعذب ذلك، مكثت ساعتين على غير ما كنت

أفعل، ثُمَّ خرجت، و الماء يتقاطر من شعر رأسي. فقد نسيت أن أجففه، أو أجفف جسمي، لم أكن أعلم ماذا أفعل؟ أو ما يتوجب عليّ فعله؟

مكثت في قاعة الجلوس إلى حدود الساعة الثانية ليلًا، دخنت بشراهة، لكنْ، ما زاد من ولعي بالسجائر تلك القدّاحة، فكلما أوقدتها ألهبت نيران قلبي المشتعلة لكني فضلت الصمت الذي خيم على أرجاء البيت، الذي سيكون عنوان المرحلة القادمة.

انقضت تلك الليلة، ومرت بعدها الأيام و الليالي، وأنا صامت أحيا مع القدّاحة و السجائر، لم أخبر أحدًا بما حدث، لم ألمها، ولم أسع لذلك، بل واصلت العيش كما تعودت، أخرج للعمل كل يوم، أسافر، أعقد الصفقات، أجمع المال، ثُمَّ أعود لبيتي، الذي لم أذق فيه مأكلًا أو مشربًا. منذ تلك الليلة. كنت أعود، فلا أكلمها، أجد الطاولة مليئة بما تلذ له العين، لكني لم أكن أرى شيئًا من ذاك، كنا نجلس معًا في قاعة الجلوس، وكانت القدّاحة لا تفارق يدي، فإمّا تطلق نيرانها لتشعل لي سجائري، وإمّا تلاعبها أصابعي، فتطلق صوتًا شبيهًا بفحيح الأفاعي، وطقطقة مستفزة جدًا تكاد تذهب بحلم الحليم في لحظات سكونه الكبيرة.

مضت سبعة أشهر و نحن على تلك الحال، و في يوم دخلت البيت، فلم أجد طاولة الطعام كالعادة، و وجدتها في أبهى حلة لها، و قد تزينت و تعطرت بأجمل عطورها، و ما إنْ هممت بتغيير ملابسي حتى قالت لي:

- مراد، أريد أن أذهب لبيت والديّ

لم أجبها، بل اكتفيت بارتداء معطفي من جديد، ففهمت أنّه ليس لدي مانع.

خرجنا معًا، ركبنا السيارة و في الطريق مررت بأحد المحالّ الكبرى، حيث اِشتريت كما هي عادتي كل الأشياء التي تعودت

أن تهديها لأمها و أبيها و إخوتها، ثُمَّ واصلنا المسير إلى أن وصلنا.

وجدنا أمها التي اِستقبلتنا بحفاوة، دخلنا فجلسنا ثلاثتنا ولم يكن غيرنا هناك، تحادثت مطولًا مع أمها، و كانت المرة الأولى التي تسمع فيها صوتي. منذ تلك الحادثة اِستأذنت من أمها قائلة بأنها ستحضّر لنا كؤوسًا من الشاي، ذهبت، ولكنها لم تعد.

طال زمن تحضيرها للشاي، فنادتها أمها، لكنها لم تجب، فقالت لي سأنظر ما بها، فهي لا تجيب. وما إن وصلت للمطبخ حتى أطلقت عقيرتها بالصياح.

جاءت الشرطة، و احتشد جمع غفير من الناس، و توالت الأحداث التي لم أعد أذكر منها سوى وقوفي مستقبلًا حشود المعزّين.

بجانبها وجدوا ظرفا مغلقا كتب في أعلاه « إلى مراد »، قدموا لي الظرف الذي دسسته في جيبي، ونسيت أن أفتحه في تلك الفترة، مرت الأيام، و عدت لممارسة حياتي،، وفي إحدى الليالي كنت نائمًا في قاعة الجلوس بعد أن هجرت غرفة النوم التي كنت لا أقوى حتى على النظر إليها فقد كانت تشعرني بالهزيمة، وبخيبتي في هذه الحياة، فرأيتها في المنام تقف عارية وسط أرض ممتدّة، كلّما حاولت الاقتراب منها ابتعدت، كان يفصلنا بيننا لهب سرعان ما انطفأ، فمشيت فوق بقاياه الملتهبة، كان الرماد كثيفًا، كنت أمشي فوقه، وأشعر بحراراته التي تكاد تذيب قدميّ، فتراءت لي وكأنها بدأت تختفي و قد غاصا ساقاها، حاولت أن أسرع، لكنها كانت تغوص أكثر فأكثر. وقبل أن تغيب كانت تنادي بصوت خافت أشبه بصوت غريق يصارع سكرات الموت « الرسالة، الرسالة »، فانتبهت من نومي فزعًا لا أقوى حتى على ابتلاع ريقي من شدة

العطش، ذهبت مسرعًا لمعطفي الذي كنت أرتديه يوم العزاء، نفضت جيوبه، فلم أجد الظرف.

الزملاسي

مالت الشمس للمغيب، و بدأ الليل يرخي سدوله، اِرتفعت أصوات آذان المغرب، فخفّت الحركة في شوارع المدينة، حينها كان رجل كث اللحية، فارع الطول، رث الثياب، يدخلها رَاجِلًا من الجهة الشمالية، مشى إلى أن وصل بجوار المسجد الذي كان أول ما يعترض الداخل إليها، جلس بالقرب من حائطه المطل على شارع «السنهورية» و كأنه يرتاح من عذاب سفر طويل. نام ليلته الأولى هناك دون أن يثير اِنتباه أي أحد، فالمدينة تعودت على استقبال أمثاله من الغرباء، وأيضًا كل الرافضين و المعارضين لحكم عائلة السنهوري، فهذه المدينة بالذات تمثل لهم ملاذًا آمنًا يستعصي على أعوان النظام وأتباعه، الذين رغم كثرتهم، و وجودهم فيها، فإن حجم تأثيرهم في الناس لم يكن كبيرًا، بل على العكس كانوا محاطين بسور سميك من الرفض يطوق نواحيهم رغم سعيهم المتواصل لِاختراق أسرار المدينة، لكنّهم كانوا يحترقون على أسوارها المنيعة، فيفشلون المرة تلو الأخرى في كشف قنوات سيرها الداخلية التي بقيت عصية عنهم، بعيدة عن أيديهم التي ما إنْ ولجت أمرًا إلا أفسدته، لهذا كان الغرباء يميلون نحوها ويولون وجوههم شطرها، ففيها لا يهم أصل الإنسان، أو نسبه، بل المهم أنّه بشر له أن يحيا دون أن يتدخل في شؤونه أحد، فكانت كأنها دولة مستقلة لا تنتمي إلا لذاتها.

أشرقت الشمس، ودبت الحركة في شوارع «الزملاسي» بعد ليلة هادئة، قام الغريب من نومه متكاسلًا يفرك عينيه وعلامات الإجهاد مازالت بادية على محياه، فكان أول من كلمه

الشيخ اللمسي إمام الجامع الكبير الذي سأله عن اِسمه ومن أين جاء غير أنه رد عليه بكلمات أشبه بالتمتمة الغير مفهومة فقال ما هذه البهللة؟ ألا يكفي «الزملاسي» كم المجانين التي فيها حتى يأتيها البهاليل أيضًا، ومنذ ذلك اليوم عرف الغريب باسم بهلول.

مرت أيام و بهلول ينتقل من حي لآخر يلاعب الصغار، فكان يحاول إخافتهم بالصياح في وجوههم، كلما رأى مجموعة منهم يبرز أسنانه، و كأنّه يتوعد بعضّ من يمسكه، فكانوا يفرون، ثُمَّ يرمونه بالحجارة من بعيد مرددين « بهلول بلاش عقل، بهلول أنتن من البصل » لكن سرعان ما ينهرهم المارّة، ويتوعدوهم بالعقاب إنْ عادوا لهذا الفعل القبيح.

كما كان يجالس الكبار أيضًا، إذ لم يكن يتردد في الجلوس بجانب كل مجموعة يجدها تناقش أمرا ما لكن أكثر جلساته كانت إما بجانب حانوت سعد بن الزملي الذي كان يأتيه جمع من أصدقاءه يتجاذبون معه أطراف الحديث عن مشاكل «الزملاسي» وأهلها، أو بجانب محل العربي الماسي لبيع الورد الذي كانت أيضًا له جلسة يومية مسائية مع بعض من رفقائه يتناولون فيها الحلول الممكنة لمواجهة المصاعب التي تعاني منها المدينة.

سعد بن الزملي و العربي الماسي أشهر رجلين في المدينة، فالأول ورث العلم و الأدب عن والده الذي كان عالما كبيرا كما ورث عنه شجاعته، ووقوفه مع الحق، فوالده كان أحد قادة المقاومة المسلحة التي واجهت قوات المستعمر لسنوات طويلة كما أن سعد نفسه شارك في عدد من المعارك صحبة والده و المجموعة المسلحة التي قادها وأشهر المعارك تلك التي دارت رحاها قبيل الإستقلال بسنتين حيث قامت قوات المستعمر بشن هجوم مباغت على المدينة أملًا في القبض على

والد سعد، أو قتله لكن لحسن الحظ خرج من المدينة ساعات قليلة قبل قدوم قوات الاحتلال، وذلك بعد أن رصدت بعض عيونه تحركات مريبة على تخوم المدينة، و نصبوا كمينًا لهم بعد أن صعدوا أعلى ربوة مطلة على «الزملاسي»، وتظاهروا بأنهم رعاة غنم فيما كانوا يخفون أسلحتهم تحت قشاشيبهم، بينما قام سعد وكان مازال شابًا يافعًا صحبة شباب آخرين بالاِلتفاف على قوات العدو، ومحاولة إيهامهم بأنهم سيهاجمونهم من الخلف لدفعهم نحو الربوة، وهي الحيلة التي اِنطلت عليهم، فكان أزيز الرصاص يسمع صداه في قلب الزملاسي، التي علت فيها أصوات التكبير، وزغاريد النسوة، فسالت دماء جنود المستعمر أنهارًا فوق الربوة، وتكدست جثثهم كالنعاج المذبوحة في حفل زفاف كبير، مثلما ذكر والد سعد في كتيب صغير سماه « الربوة الصامدة» أرّخ فيه لهذه المعركة قبيل اِغتياله عن طريق سم تم دسه له في كأس من الشاي من قبل أحد أقاربه، و قد تم أيضًا اِعتقال سعد، و حُكِمَ عليه بالسجن لثلاثين سنة، و لم يفرج عنه إلا بعد الاِستقلال بخمس عشرة سنة.

أمّا العربي الماسي فهو أنبغ من في «الزملاسي»، فقد عرف بذكائه الخارق و تميزه الشديد في الدراسة، حيث كان من جيل ما بعد الاِستقلال، أو الدولة الوطنية، كما سميت فيما بعد. لكن رغم باعه الطويل وأبحاثه الشهيرة في مجالات الطب والكيمياء، الذين درسهما في الاِتحاد السوفياتي إلا أنه رفض العمل ضمن أجهزة الحكومة، أو التعامل معها تضامنًا مع مدينته وأهلها، فقد شاع أنه رفض منصب وزير البحث العلمي، ليكتب أحدهم وقتها في مجلة الاِستقلال مقالًا عنونه ب« العالم الغبي »، لكن العربي لم يأبه لذلك، وكان ابنًا مخلصًا «للزملاسي»، وقد قام بافتتاح محل لبيع الورد الذي

تنتجه مزرعته، والذي بنى فيها بيتًا من الطوب كان عبارة عن مختبره الذي يقوم فيه بأبحاث لتطوير زراعة الورد، واستخلاص المستحضرات منه، كما يتم الاِستنجاد به في أحيان كثيرة للكشف عن الحالات الطبية المستعصية، أو لإجراء العمليات المستعجلة بمستشفى المدينة، و التي تتطلب تدخلًا جراحيا عاجلًا، وهو ما تسبب في سجنه عدّة مرات بسبب ذلك، وبإقالة مسؤولي المستشفى الذين سمحوا بهذا الأمر.

وشيئًا فشيئا بدأت تحدث في المدينة أمور غريبة إذ في مرة من المرات كتبت إحدى صحف النظام المشهورة مقالًا غير موقّع تحدثت فيه بإسهاب عن تفاصيل دقيقة لإضراب الصمت الذي خاضته «الزملاسي»، والذي استمر لمدة سنة كاملة احتجاجًا على سياسة النظام السنهوري تجاه المدينة حيث أحجم الناس عن الكلام إلا رمزًا لدرجة يعتقد فيها زائر المدينة أنها أصبحت بكماء، ولم يكن سوى اتباع النظام، الذين يتكلمون وأحيانًا يأتون بفرق موسيقية من خارج المدينة، ليحدثوا جلبة ما تكسر الصمت الرهيب الذي فتك بأعصابهم، فلم يعد يتحملونه، وما زاد من نقمة النظام أنه فشل في فك رموز ما حدث، وكيف تم ذلك، ومن كان وراءه، فهذا الإضراب الذي كان سابقة، قد أخذ صدى في العالم، فتحدثت عنه الصحف العالمية، التي أشادت به كشكل راقٍ، وغير مسبوق للاِحتجاج السلمي ممّا جعل منظمات حقوق الإنسان تتضامن مع المدينة. هذا التضامن شَكَلَ مزيدًا من الضغط على النظام، الذي كان يتظاهر باحترام حقوق الإنسان، فصب جام غضبه على أهل المدينة، وخاصة على أعوانه من أبنائها، الذين فشلوا في الحصول على أيّة معلومة صغيرة، قد تفضي لمعرفة من كان وراء كل ذلك.

- إذن قلت لي أن الصحيفة وعدت بجزء ثانٍ في عددها المقبل يا سي العربي.
- نعم يا عم سعد.
- و بماذا وعدوا أيضا؟
- قالوا بأنهم سيتحدثون عمن خطط لهذا الأمر، كما أنّهم سيكشفوا للرأي العام الوطني كل تلك الشبكة من المخربين الذين شوهوا سمعة البلد.
- طيب.

اِلتفت سعد بن الزملي لبهلول الذي كان يفترش الأرض بجانب الطاولة التي جلس حولها مع العربي الماسي وهي من المرات القلائل التي اِجتمع فيها الرجلان، ثُمَّ قال له:

- بهلول تعال خذ الطعام الذي أرسلته لك الحاجة

قام بهلول، و أخذ ما قدم له، ثُمَّ عاد وجلس في مكانه، وبدأ يأكل.

كان أسبوعًا صعبًا في الزملاسي، فالجميع يتوقع حدوث أمر ما قبل صدور العدد القادم من الصحيفة، لكن ما هو الأمر الذي قد يحدث؟ هذا ما يكن باستطاعة أيّ كان توقعه.

كانت القضية قضية حياة، أو موت. ففي حالة أوفت الصحيفة بوعدها، سيكون فناء أسطورة «الزملاسي» واقعًا لا مفر منه. «فالزملاسي» التي تخطت محطات أصعب، و أعقد من هذه بلا شك ستهتدي لحلٍ ما، كما أنَّ كل الذين حاولوا في السابق إنهاء أسطورتها و إذْلالها انتهوا إلى مصير مأساوي. و بالتالي، فهذه المحاولة ستبوء بالفشل أيضًا، فمختار الريش قائد الحرس السابق، والذي كان أشرس من أرسل للمدينة لقمعها. مات في حادث سير رهيب حيث انفصل رأسه عن جسده الذي تمزق قطعًا إلى درجة جعلت أعوان الحماية

يجمعونه في كيس كبير للقمامة، ثُمَّ قام أهله بدفنه مباشرة. دون أنْ يتمكنوا من الذهاب به إلى بيته لتغسيله، وإلقاء نظرة الوداع الأخيرة عليه. أمّا سالم البك رئيس القباضة الماليّة، والذي سبقته شهرته للمدينة قبل أن ينقل إليها، و الذي كان يقول، « إما أن تَدفع، أو تُدفع نحو...»، ثُمَّ يصمت، ليفسح المجال لخيال سامعيه بأنْ يتخيلوا مصير الرافضين، فقد وجد معلقًا بمكتبه، يتدلى بعد أن شدت رقبته بربطة عنقه، ولسانه خارج من فمه ووجهه أزرق مائل للسواد. يكاد ينفجر من شدة اِحتباس الدم في شرايينه، وقد قيل وقتها أنه اِنتحر لأسباب عائلية.

نتيجة لهذه الحوادث التي زادت من شهرة المدينة المرعبة، أصبح كل المنتمين للنظام يخشون العمل فيها، فكان لا ينقل إليها إلا المعاقب، أو المغضوب عليه.

وقبل أسبوع من صدور الصحيفة ضجت الزملاسي بخبر العثور على الشيخ اللمسي ملقى بأحد الضيعات المتاخمة للمدينة بثياب ممزُقة، و على جسمه آثار كدمات و بعض الجروح الغائرة، و كانت أول من تفطنت له إحدى النساء، التي كانت تجمع العشب لدوابها، فما أن رأته أطلقت عقيرتها بالصياح، فهرع إليها جمع من شيب المدينة، و شبابها الذين ظنوا في البداية أنَّ الشيخ اللمسي فارق الحياة، لكنْ، سعد بن الزملي لمس أسفل قدميه فوجدهما مازالتا حَارّتَيْن، فصاح اللمسي: ما زال حيًّا، هيا أسرعوا به للمشفى. أركبه أحد الشبان على دراجته النارية، ثُمَّ ركب وراءه آخر، و طارا به.

أقام الشيخ اللمسي قرابة الأربعة أشهر بالمشفى قبل أن يخرج مُعافى إلا من عرج بسيط أصاب قدمه اليمنى نتيجة لإنقطاع أحد أوردتها، فكان أول ما سأل عنه، هل صدرت الصحيفة؟! فأجابوه: لا.

أمّا بهلول فلم يعثر له على أثر.

* الزملاسي حجر كبير أملس، ذهبي اللون يقع فوق أعلى ربوة تطل على المدينة، وكأنّه يحرسها. قديمًا قبل أن يسلموا كان الناس يعبدونه، ومنه أخذت المدينة اسمها، وأغلب أسماء العائلات اِشْتقت منه، حُكِيَتْ حول أصله ومنشئه الكثير من القصص، إذ قيل أنه حجر من الجنة نزل منها مع نزول آدم، وقيل أيضًا أنّه ملك عصى ربه، فمسخه على هيئة حجر كبير، وقذف به إلى الأرض يتعذب بعذابها، ولا يستلذ نعيمها، كما يقال أنه سرّ عظيم من أسرار الكون حط رحاله فوق ربوة مباركة تطل على أرض مباركة أيضًا، أمّا دارسو الجيولوجيا من أبناء المدينة، فيقولون أنّه لا يعدو أن يكون تجمعًا لرواسب طينية بدأت نواتها الأولى بالتشكل منذ ملايين السنين، لهذا كانت الزملاسي و مازالت عصية عن الفهم، منيعة عن ولوج العقول الصغيرة إليها، مثيرة للجدل، محيرة، بالكاد تكشف القليل من خباياها.

المقموع

- كريستوف ديلانوي، أنت مدان بتهمة القتل العمد مع الإضمار، ماذا تقول؟
- لا شيء.
- هيئة المحلفين قررت في حقك السجن بقية حياتك دون أي إمكانية في الإفراج.
يصيح أحد كتبة المحكمة:
- انتهت الجلسة.

يقاد كريستوف من قبل حراس الأمن نحو سجنه، أمام الباب الخارجي للمحكمة كانت الصحافة المحلية تنتظر خروجه للحصول على كلمة منه.
- سيّد كريستوف، سيّد كريستوف. سؤال واحد من فضلك، لماذا قتلتها؟
- لم أقتلها، بل حررت نفسي.
- كيف ذلك؟ ماذا تقصد؟
- الآن أحيا حُرًّا.

مضى كريستوف مع حراسه، وصل سجن «لاسانتي» عند الساعة الخامسة مساءً، كان الطقس باردًا جدًا، لكنَّ كريستوف لم يكن يشعر بشيء، إنها لحظات الولادة الثانية، لقد انتهى كريستوف ديلانوي. لم يعد موجودًا. أمّا هذا القابع في هذه الزنزانة اللعينة، فهو شخص آخر حديث الولادة، عمره بضع ساعات فقط.

جلس كريستوف فوق سرير زنزانته، جال بنظره في المكان الذي يبدو، و كأنَّ يدًّا اِمتدت، لتفرغه من جميع محتوياته، لقد

قصدوا ذلك إنهم يخشون أن أقدم على الانتحار، إنهم مجموعة من الحمقى، لماذا أنتحر الآن؟

ربما كان يتوجب عليّ فعل ذلك حين كنت محاطًا بأشواك حياتها الرتيبة، حياتها التي كانت أشبه بمجموعة من التعليمات البائسة، كتلك التي تصدرها أبواق المصانع المزعجة، كنت أشبه بعامل بسيط في مصنع للفولاذ محكوم بتعليمات صارمة، لم يكن من حقي أن أرفض الأوامر، أو أحتج على الأقل، إنها المرة الأولى التي أقول فيها لا، مرة واحدة كانت كافية بأن تنهي كل شيء.

- كريستوف، أنزل يدك عن أنفك هذا غير لائق.
- كريستوف لا تضحك بهذه الطريقة إنها غير مهذبة.
- كريستوف ممنوع فعل هذا.
- كريستوف، كريستوف، أنت من عائلة نبيلة.

أيّ نبل هذا الذي جعلني سجينًا طوال حياتي، لم أكن أريد شيئًا سوى أن أحيا مثلما تحيا كلّ الناس.

كنت أرقب الأطفال و هم يلعبون، كنت أراهم متسخي الملابس بعد جولات من العراك الصبياني، كنت أشتهي أنْ أكون مثلهم. أنْ أحيا حياتهم. أنْ أضحك ضحكهم، و أنْ أبكي بكاءهم، لكن كل شيء في حياتي كان باردًا كان محددًا سلفًا، لم أختر شيئًا. كنت أحيا نُبلًا مُزيفًا، فحتى الفتاة التي أحببت تركتني حين اِكتشفت مدى ضعفي.

كاتيا كانت أقوى مني ، لقد تذكرت يوم تجرأت، وقالت لها، لا. لقد أخبرتها بحقيقتها أمامي.

كنت استعذب كلام كاتيا، وهي تخاطبها:

- أنتِ لستِ بشرا، أنتِ مجرّد آلة تحكمها أوامر مكانيكيّة. فلتنظري لوجهك في المرآة، لا يوجد فيه ما يدلّ على آثار الحياة.

هل تظنّين أنّك النبيلة الوحيدة في هذا العالم؟
النبل ليس فستانًا من الفساتين الكثيرة التي ترتدينها.
أنت يا سيّدتي شيء متكلّس!
أنصحك بزيارة طبيب.
ثمّ تركتنا كاتيا و رحلت.

كنت أتمنى لو بقيت كاتيا مزيدًا من الوقت، بعض الدقائق فقط. لتحققنني بجرعات أكثر من الجرأة التي لم أستطع امتلاكها طول حياتي، كنت أشعر بأني عاجز، بأني ضعيف، مرتبك، أنهزم بسرعة.

رحلت كاتيا و رحل معها كريستوف الضعيف، رحلت قبل أن تشهد تحرّري.

الآن فقط يا كريستوف أنت لا تتلقى الأوامر. الآن فقط أنت حرٌّ في هذه الزنزانة القذرة، تفعل ما تريد، ترتبها كما يحلو لك، الآن يا كريستوف تكتشف الحياة، ولو من وراء القضبان.
كان صوته الشجي ينبعث من غرفته، ينشد لحنًا لأغنية من التراث القديم، لم يغنَّ منذ سنوات طويلة، وهذا السجن آخر مَنْ أنشد فيه كان الفنان جاك بونتي صاحب لحن الحياة الرتيبة، التي كانت الأغنية المحببة لكريستوف حين يختلي بنفسه.

امرأة عاشت المحنة مرّتين

الحبُّ ليس مجرد عاطفة تجيء وتذهب حسب الحالة النفسية، التي يكون عليها الإنسان، بل الحبّ شيء عصيّ عن الفهم، أو التفسير. الحبُّ حين يقِرُ في القلب، ويتمكن منه يطير بفؤاد المحب نحو محبوبه، فيرابط على عتبات أحاسيس لا يكاد يفارقها، حتى يتمكن منها، فلا يعود منكسرًا أبدًا.

الحبُّ لا يكون إلا إن كان مستحيلًا، يكسر القواعد، يحطم القيود، و يدحض كل مسلمات وضعت مسبقًا.

الحبُّ يحياه من كان قلبه حيًّا، ويستميت في محاربته من كان على غير ذلك، الحب يجمع، كما يفرق أيضًا، فباسمه قد يتصالح الأعداء، وباسمه أيضًا قد تندلع المعارك.

الحبُّ هبل، وخبل، وجنون بلا حد، فضو بن الحاج محمد مليح، و الزينة بنت الحاج الصادق بن خليفة، كانا حبيبين على غير عادة المحبين في هنشير الشارف ذلك الريف النائي، فهناك حيث تطغى العادات، و تحكم تقاليدها. لم يتعود الناس على أن تبرز قصص العشاق للعلن، فالكل يحب، أو يعيش بدايات حب، لكنْ، في السر، يكتمون ويستميتون في درء مشاعرهم خوفًا من الفضيحة، لكنَّ ضو الذي عاش بعضًا من سنوات عمره في فرنسا، ثُمَّ عاد ليستقر بطلب من والده، كان متمردًا، فهو أول من نزع الجبة والشاشية، ولبس القميص و السروال الإفرنجي، الشيء الذي زاده مسحةً من البهاء على بهائه الذي جعله محطّ كل عيون النساء في هنشير الشارف، لكنَّ قلب ضو لم يمل إلا للزينة بنت بنت الحاج الصادق ألدّ أعداء والده، والتي كانت اسمًا على مسمى، إذ كانت بهية، مليحة، تشعّ جمالًا. كانت حين تتبختر، كأنّها الياسمين حين

يهبّ عليه النسيم الغربي، و حين تجلس وسط النساء، كأنّها زيتونة غطت بأغصانها المتدلية كل ما حولها. تعلق قلب الزينة بضو، وهام بحبها هو أيضًا، فكان الاثنان ينشدان لبعضهما أشعارًا جادت بهما قريحتهما في الأفراح التي تعتبر الفرص الوحيدة، لتقابل العشاق. فضو صوته جميل، والزينة صوتها أجمل، إذ في كل مناسبة يتملقهما الرجال والنساء ليغنيا ما في خاطرهما، و كأنّهما يرويان أفئدة عطشى أضناها طول الليل و السهاد.

لكن لأن هنشير الشارف له نواميسه في الحبّ والزواج، قرر الحاج الصادق بن خليفة وأخوه سالم أن يزوّجا ابنيهما صلاح و الزينة، وما هي إلاّ أيّامًا معدودة حتى زفّت الزينة لابن عمّها، فوجدت نفسها بين أحضان رجل آخر غير الذي غنّت له. لكنَّ حبّها لضو مازال متوهّجًا وقّادًا لا يعرف الانكسار، أمّا ضو فزوّجه أبوه أيضا.

هام ضو في سواني وأحراش هنشير الشارف، طالت لحيته، طال شعر رأسه حتى صار مظهره يثير شفقة كلّ من يراه، تعهّد أغنام والده بعد أن كان يأنف ذلك، عاش ردحًا من الزمن بعيدًا عن الناس، حتّى ظنّوه فقد عقله بعد أن شاهده عدد منهم يكلّم نفسه، وحتى حمل زوجته ووضعها لم يثيرا فيه شيئًا، وكأنّه لا يعي ما يحدث حوله.

منذ زواجها لم تُرَ الزينة إلا مرّات قليلة إلى أن كان عرس ابن عمتها، تجمّلت كما لم تفعل من قبل، انتظرت قدوم زوجها الذي حضر، فجهّز الحمار والعربة، ركبا و توجّها للعرس.

وصلا، فرحبت النسوة بالزينة التي لم يرينها منذ زواجها بهذه الوجاهة والمرح بعد أن نُزِعَ عنها الحزن الذي لازمها منذ زواجها.

وصل ضو و زوجته للعرس بعد أن أصرّ عليه والده أن يذهب نيابة عنه، ليردّ عنه وعدًا قطعه لوالد العريس بأنْ يحضر، نزع ضو الحزن عنه واستردّ بعضًا من بهائه .

وما إنْ رأت الزينة زوجة ضو حتّى هاجت أشواقها من جديد، إذ علمت أن ضو حضر، أما هو فقلبه كان يقول له بأنّها ستغنّي له الليلة.

بدأ الحفل حيث جلس الرجال في بيتين من الشّعر منصوبين في ساحة أمام المنزل. أمّا النسوة فكنَّ يجلسن داخل أسوار الدار غير أنّ بعضهنّ بدأن بالخروج و الجلوس في بيت للشعر نُصِبَ لهنّ بجانب الحائط الخارجي للسور.

غنّت الفرقة الموسيقية، و تمايل الجميع رقصًا و طربًا، كانت السهرة تسير سيرًا طبيعيًا، لكنّ إصرار العريس وإلحاحه على ضو بأنّ يغنّي غيّرَ شيئًا ما، غنّى ضو

يا حبيبة وقتاش تجيني
وتشفي على قلبي و أطلّي
يا حبيبة نهديلك عيني
في وسط قلبي تبني و تعلّي
****
يا حبيبة ديري حبي في بالك
و الدنيا بلاش بيا كي تحلالك
نايا ما يرويني كان دلالك
ورمشة من شفرك وقت أطلّي
****
يا حبيبة في عيونك راني محبوس
و غرامك في كينيني مدسوس

شفايا من داكي منا ميؤوس
و بالله ليا وقتاش تولّي
****

وقتاش يا حبيبة باش إداويني
و إداوي جروح قلبي و كنيني
على جالك العالم كل إمعاديني
و خلّيني صابر على دايا خلّي

فأجابه صوت من الخيمة المقابلة:

يا ميم قليبي و يا ضي عيوني
رآهم كي سمعوا بيا حبسوني
زادت إِمحوني و زاد جنوني
وزادت ويجعة قلبي يا ريدي
****

يا تاج الراس و يا شفر جفوني
لا يهمك لا الباهي لا الدوني
وراس راسك يا مضنوني
راهي لقْدار لا بيدك لا بيدي
****

يا روح روحي يا ساكن مكنوني
ضامك الناس و زادوا ضاموني
يا حبيبي في غرامك حبوا ينسوني
وشبحك يا غالي هذاكا عيدي

كانت رسائل متبادلة، طالت السهرة، لكنْ، انسحب منها ثلاثة، صالح صديق ضو الذي كان يمتلك السيارة الوحيدة في المنطقة، و التي جلبها من فرنسا، و ضو والزينة.

توقّف الحفل على خبر هروب ضو بالزينة.

باتت المنطقة كلّها تبحث عنهم، وسُلّت الأسلحة، وكادت تشتبك العائلتان لولا تدخّل بعض العقلاء، الذين حالوا دون إراقة الدماء.

استمرّت عمليّة البحث أكثر من ثلاثة أشهر، لم يعثر خلالها على ضو و الزينة. أمّا صالح، فظهر بعد ثلاثة أيّام مدعيًا أنّه سافر للشمال رفقة بعض تجّار المواشي.

أحدهم علم بمكانهما، فدلّ عنهما، و قبل أن يصلوا إليهما عاد ضو لبيت أبيه حتى يمنعه اِنتقام عائلة الزينة. أمّا هي فحالت أمّها، وكانت امرأة قويّة، بينها وبين أبيها وإخوتها بعد أن طلّقها ابن عمّها.

عاش ضو مع زوجته حياة حذرة فلم يُر إلاّ نادرًا، ومنعت الزينة من الخروج من البيت.

وذات صباح عادي في هنشير الشارف سُمِعَ بكاء وعويل في بيت الحاج محمود مليّح، مات ضو .

جرت الناس من كلّ صوب إلى بيت الحاج محمد، وجرت أمّ الزينة لوضع اِبنتها في غرفة و أغلقت عليها الباب، لكنّ الزينة كانت أوّل الواصلات، فقد خلعت النافذة، وخرجت منها .

جرت في حقول الزيتون واللوز حتّى وصلت، احتضنت زوجة ضو، وبكتاه بكاءً مرًّا.

عاشت بعدها على ذكراه، تزوره بين الفينة و الأخرى بعد أن زوّجها أبوها برجل يكبرها بسنوات كثيرة. كان قد فقد زوجته الأولى، لم يكن يمنعها زيارة ضو في قبره، فعاشت معه

الزينة ومع أولاده الذين كانوا في نفس سنّها، وأنجبت منه أولادًا و بناتًا.

فكنت كلّما رأيتها وهي عجوز كبيرة، تذكرّت ضو وقصّة هروبهما الذي لم أشهده، بل حدثتني عنه جدّتي.

أحلام مقبورة

-مؤنس، مؤنس أفق يا بني، الحافلة ستمر، ولن تلحق بها.

نفس كلمات أمّه التي تخاطبه بها يوميّا، وهي توقظه، ليذهب لمعهده، كان قلب الأمّ يحسّ أنَّ الولد تغيّر، وأصبح على غير عادته، مؤنس ذكيّ ونابغ في دراسته، لكنّ أحواله تسوء كلّ يوم، والأمّ لا تعلم سببًا لذلك، ففي هذه السنة سيجتاز اِمتحان الباكالوريا، وهو مطالب بالعمل أكثر من باقي السنوات، لهذا كان قلب الأم يخشى على الولد فشلًا. قد يعطله عن المضي نحو مستقبل أفضل له، ولجميع أفراد العائلة الذين يرون في مؤنس مخلصهم من وضعية البؤس والخصاصة التي يعيشونها منذ زمن.

فاتحت الأم والده في الأمر الذي أرجع ذلك لفترة المراهقة التي يمرّ بها جميع من هم في سنّه، و بالتأكيد أنّها فترة و ستمرّ، هكذا كان يقول دائمًا. كانت الأمّ ترغم نفسها على تصديق ما يقوله الأب تجنّبًا للمشاكل، التي قد تزيد في تعكير الأجواء المتوتّرة أصلًا في البيت، فالأب شبه عاطل عن العمل، والعائلة كبيرة العدد، و كلّ كلمة يمكنها أن تشعل حريقًا يصعب اِطفاؤه.

راكضًا نحو الحافلة المدرسيّة، يصل مؤنس والسائق يكاد يغلق الباب، و ينطلق نحو المحطّة القادمة.

-مؤنس، كالعادة دائما متأخر...قال السائق

يبتسم الشاب دون أن يردّ، يأخذ مكانه المعتاد داخل الحافلة جالسًا بجانب شباكها، الذي يلي ثالث المقاعد خلف مقعد السائق، يمدّ يده، ليمسك الحديد المعلق بسقفها، و يشرد بعينيه في حقول الزيتون الممتدة على جانبي الطريق، حيث

كان الفلاحون منتشرين يجمعون بعض ما جادت به زياتينهم، كان ينظر إلى تلك الوجوه التي تشبه لون التراب و الزيت و قد بدت عليها تشققات بفعل برد الشتاء، الذي لا يقاوم. وجوه حالمة، متطلعة لمن يستطيع أن يحمل أحلامها، و يذهب بها بعيدًا. وعيون سابحة في أديم الأرض و جذوع الزيتون باحثة عن محطة تريحها عناء السفر الطويل.

محطّة تلو أخرى، تتوقّف الحافلة، ليصعد التلاميذ. تتالت المحطات، و كثر التوقف، كانت الحافلة قديمة جدّا، فضجيج محرّكها يصمّ الآذان، ورائحة الدخان المنبعث من مؤخرتها يزكم الأنوف، فما تقضيه عند الميكانيكي أكثر مما تقضيه في الخدمة، إذ يقال أنّ الحكومة اِقتنتها مؤخرًا في صفقة هَنْدس لها كلّ من وزير النقل، و وزير التربية بصفة شخصية، وتحت إشرافهما المباشر، لكنّ شبهات بالفساد لاحقتهما إثر ذلك بعد أن تمّ تسريب ما قيل أنّها وثائق تثبت أن الشركة المحليّة، التي تحصلّت على المناقصة لهذه الصفقة تعود ملكيّتها لزوجتي الوزيرين.

وصلت الحافلة أخيرًا أمام باب المعهد متأخرّة هذه المرّة بأربعين دقيقة فقط. وهو إنجاز بالنسبة للتلاميذ الذين تعوّدوا التأخّر عن حصص دروسهم لساعة، و أحيانًا ساعتين، بقي جميعهم ينتظر رفع جرس الحصّة التالية للالتحاق بقاعات دروسهم، أمّا مؤنس فتوجّه مباشرة لمكانه المعهود عند منعطف أحد الشوارع الفرعية الواقعة غربي المعهد، إذ كان محظوظًا هذا اليوم، حيث لم تكن له حصّة في الساعة الأولى. وبالتّالي سيتجنّب سماع الموّال اليومي للقيّم، المشرف على إسناد بطاقات الدخول، و هو يذكّر التلاميذ بأنّها المرّة الأخيرة، وبأنّ عليهم اِحترام القوانين الجاري بها العمل، وغيرها من

الكلمات التي كان يفترض توجيهها للمسؤولين، الذين جلبوا لهم حافلة معطّلة كانت السبب في كلّ ما يجري، وبالتالي، كان القيّم سيوفّر لنفسه أيضًا مدّخرًا من الكلام لزوجته وأبنائه، الذين يعود لهم مرهقًا لا يقوى حتى على سماع بعض من مشاكلهم الصغيرة.

جلس مؤنس ينتظر، وهو يقول في سرّه،
"نحبّك أما برشة موش شويّة -"

هكذا كان يقولها في داخله كلّ يوم مرّات ومرّات، تمرّ الدقائق ثقيلة وهو ينتظر مرورها حتى يخبرها بما يحسّ به، أكثر من خمس سنوات مرّت على أوّل لحظة مرّت فيها أمامه، يعود، ليسأل نفسه عن نفسه، أتراك يا قلبي ستمتلك الشجاعة اليوم لتخبرها، كم كنتُ جبانًا و خذلتني. ففي كلّ يوم أدعوك، لتكون لونًا واحدًا أمامها، قل لها، و لا تتردد. فهي بلا تردد ستجيبك، عيناها تتكلّم حبًّا، لكن ماذا لو؟؟؟

لا تقل لو، أخبرها و انتظر الجواب.

كانت تحبّه دون أن تخبره، إذا غاب تبحث عنه، و إذا حضر تتجاهله، هكذا هم البنات " دلع في دلع "، لها الحقّ في كلّ ما تفعله معي، فهي بكرة أمّها وأبيها، ومن عائلة مترفة حيث تقضي العطل متجولة بين مختلف بلدان العالم، فلا تلبس إلا جديدًا، و لا تتعطر إلا بالرفيع، كما أنها تنافس الجمال حسنًا، فعيناها تبدوان كجوهرتين مثبتتين في أعلى. تشعان نورًا يهتدي به عابري سبيل الغرام، وثغرها الباسم أفتنها لدرجة أنّها حين تضحك يصمت الجميع طربًا، وحين تهفو نسمة هواء عابرة تتطاير معها خصلات شعرها، التي تكاد تحجب نور الشمس، و تكسفه عن ساحة المعهد، كانت عالمًا لوحدها،

روضة تزيح الهمّ عنه، كان يعلم أنّ عالمه هذا يختلف عن عوالم من حوله.
مرّت أمامه ولم يشعر، كان شاردًا بعيدًا، حتى جاءه الصوت ليوقظه:
-مؤنس، ألم تسمع الجرس؟
-لا لا، لم أسمعه.
-قلي بالله عليك، فيما كنت تفكر؟
-لا شيء، أشعر بقلق بسيط.
-ما الذي يقلقك مؤنس؟ أنا مثل أختك أخبرني.
-قلت لك ألف مرة، بألا تقولي هذا، أنت لست مثل أختي.
-طيب لست أختك، لنقل زميلتك.
-مؤنس.
-نعم.
-قل لي شعرًا، فقد أخبرتني الحازّة أنّك أنشدتهم قصائد جميلة. يوم أمس.
-برئت من هذا الداء.
-ماذا تقصد؟
-لا شيء.
-كيف لا شيء؟ هل أصبحت بنظرك داءً، عمومًا. شكرًا على هذه المشاعر سي مؤنس.
-لا أقصدك أنت أيتها البيان.
-إذن ماذا قصدت؟ أعرف أنك شاعر تجيد مراقصة الحروف، ولكني حرفٌ لم تستطع كتابته، وقصيدة لم تلهج بها.
-معك حق، لقد فشلت في ذلك، وها أنا أعترف، هل إسترحت؟
-لا لن أستريح، قبل أن أعرف ما هو الداء الذي برئت منه.

-سأريحك، لأني لا أقوى على تعبك، وسأحدثك عن دائيز
-أنا كلي آذان، أيُّها الشاعر.
-الشعر يا بيان، عذوبته داء يفتك بقلب الإنسان، يقطعه ويذيبه إلى أن يفقد أيّ أمل في إحساس بشيء بعد ذلك.
-معك حق فالشعر الذي تقوله لي، حفظته كله خاصة تلك القصيدة التي قلت لي أنك اِستوحيتها من قصة حب قديمة لحبيب يرثي فيها محبوبته.

ينهض مؤنس، ثمّ يسيرا معًا نحو المعهد، دخلا، لكنّ الحوار لم ينقطع إلى أن يقطعه صوت القيّم العام، مؤنس، بيان...كلّ على فصله.

تنقطع الحكايا، ويمرّ مؤنس وبيان حيث تعوّدا المرور، يصعدا الدرج نحو القاعة إلى حصّة الجغرافيا، كعادته جاء الأستاذ متأخرًا، والتلاميذ ينتظرونه في صفّ طويل أمام القسم، كلّهم يمنّون النفس بغيابه، لكنه يتراءى لهم وهو يحاول سحب آخر نفس من سيجارته قبل أن يرميها، وصل سي خلف الله السنعاسي، و دخل الجميع الفصل، كلّ جلس في مكانه، جميع الطاولات امتلأت بالتلاميذ، ولم يبق غير الطاولة الثالثة وسط الصفّ الثاني، مكان مؤنس بجانب الحازّة.

الحازّة بن عمارة، كانت تتودد لمؤنس محاولة تصنع الجمال والأنوثة، لكنّه كان يضحك في داخله لبلاهتها، كانت الصديقة الحميمة لبيان الليلي لا تفترقان إلا نادرًا، فأحيانًا يتماهى معها مؤنس، ويبدي لها إعجابًا مصطنعًا، ليغيض صديقتها، لكنّه سرعان ما يتراجع، و في نفسه بعض الريبة بأنّه قد يكون فخًّا من بيان تختبر فيه مدى صدق ما تقوله عيناه لها كلّ صباح مشرق وغروب غير مرغوب فيه.

رنّ الجرس من جديد مُعلنًا نهاية حصة، وبداية أخرى، وهكذا توالت الحصص ومعها الأيام والأشهر إلى أن أفاق تلاميذ المعهد ذات يوم إثنين من شهر جانفي ١٩٩٩ على خبر مرعب حيث سرت إشاعة تقول بأن عائلة من أولاد الليلي قد تعرضت لحادث مروع شنيع ليلة البارحة في طريق عودتهم من المطار نتج عنه وفاة اثنين منهما على عين المكان في حين تم نقل باقي أفراد الأسرة إلى مستشفى الحروق البليغة، ومع ذلك لم يجزم أحد بهوية العائلة خاصة مع تضارب الأخبار، وكذلك بَعُد المكان الذي وقع فيه ما وقع، لهذا كان الحذر شديدًا في نقل ما حصل.

وصلت حافلة مؤنس هذا اليوم في الوقت، وذلك على غير المعتاد، نزل الفتى، ثُمَّ توجه لركنه المعهود ينتظر قدومها، لكنّها لم تأت هذا اليوم، كانت عيناه لا تهدأ لهما حركة، فقد مسحتا طريق مجيئهما. علّهما تظفران بنظرة إليها، أو منها، لكنْ، ما فاتهما، أو ما لم تنتبها إليه أنَّ كل العيون من حولهما كانت ترقب مؤنس الذي كان آخر من سيعلم بما حل بحبيبته، انتظر، ولكنّه لم يرها، فبدأ القلق يدب في نفسه إلى أن صار متوترًا مع سماعه لجرس المعهد، لم يكن من حل أمامه سوى الاِلتحاق بقاعة الدرس رغم أنه فكر للحظة في التغيب عن الحصة الأولى، وانتظارها حتى تأتي، لكنه كان يعلم أن مثل هذا الصنيع قد يسبب له مشاكل مع الإدارة، ومِنْ ثَمَّ مشاكل في البيت مع والده، وهو ما لا يريده غير أنه حين وصل الباب الرئيس للمعهد، وهم بالدخول تراجع، وخرج عائدًا لمكان انتظاره، فقد قرر التغيب والانتظار، لعلّها تأتي، فيدخلا سويًا، جلس على حجر كان موجودًا بالقرب من الحائط الذي خلا من جميع التلاميذ، مادًا بصره نحو شارعها.

في داخل المعهد كان جميع التلاميذ يقفون أمام فصولهم بانتظار البدء في تحية العلم غير أنَّ صوتًا منبعثًا عبر مكبرات الصوت فاجئ الجميع، كانت كلمات حزينة لمدير المعهد تنهال على الأسماع، وهو ينعى إحدى تلميذات المعهد حيث قال "إنا لله و إنا إليه راجعون، بقلوب خاشعة محتسبة لله تنعى إدارة المعهد التلميذة النجيبة بيان الليلي، التي قضت في حادث مرور ليلة البارحة، رحم الله تلميذتنا، وأسكنها فراديس جنانه، كما أطلب من جميع أبنائي التلاميذ الوقوف دقيقة صمت بعد تحية العلم مباشرة، وتلاوة الفاتحة على روحها، كما أعلمكم أن الإدارة ستسخر حافلات لنقل الراغبين في المشاركة في الجنازة، وأداء واجب العزاء"

نزلت هذه الكلمات كالسيوف القواطع على قلوب التلاميذ، فَعَلَا الصراخ والنحيب والعوي، فسارع العون المكلف بالصوتيات، لرفع نشيد تحية العلم، الذي اِختلط بدموع التلاميذ، التي تهاطلت كالأنهار أمام الفصول.

حينها كان مؤنس جالسًا في مكانه، لم يسمع شيئًا، لكنّ شعورًا مقيتًا بالضيق، كاد يكتم أنفاسه حتى أنه فتح معطفه، ثُمَّ فتح الأزرار العلوية لقميصه، ومع ذلك لم يشعر بالراحة، وبينما هو على تلك الحال شاهد صديقه المقرب وصفي العنابي يخرج من باب المعهد، مهرولًا في اتجاهه، وقد تعثر مرتين، أو أكثر حتى أوشك على السقوط إلى أن وصل بجانبه لاهثًا يكاد ينقطع نفسه، فقال له مؤنس،

-وصفي، ما بك؟ لماذا لم تدخل الفصل؟

فرد عليه:

-لا شيء، لا تقلق.

-كيف لا أقلق؟ و وجهك يقول أن كارثة قد حدثت.

-كل ما في الأمر أنْ بيان.
-ما بها يا وصفي، تكلم؟
-مؤنس، أرجوك إهدأ.

شعر مؤنس أنَّ أخبارًا غير سارة يحملها وصفي بيد أنّه لم يجد طريقة لإخباره، فعاود مؤنس الكلام.

-كيف أهدأ أيها الغبي؟ قل ما عندك، وأرحني. أنت تكاد تقتلني.
-بيان مريضة جدًا. و قد نقلوها منذ البارحة للمستشفى، وجئت لآخذك هناك.
-من قال لك ذلك؟
-الحازة سمعتها تتحدث مع بعض الفتيات.

أراد وصفي أن يكون بجانب صديقه في لحظات عصيبة كهذه، كما قدر أنه يجب أن يأخذه بنفسه لبيت الليلي، ركب الصديقان دراجة نارية اِستلفها وصفي من « الرطل » صاحب محل الأكلة الخفيفة المقابل للمعهد، ثُمَّ انطلقا بسرعة، وفي الطريق كانت أسئلة مؤنس، لا تنتهي غير أن وصفي حاول جاهدًا، التملص من الإجابة، لكنه تلعثم حين قال له،

-لكن هذا ليس طريق المستشفى، وصفي إلى أين تأخذني؟

همهم، و لم يستطع الرد، ثُمَّ ضغط على المقبض الأيمن للدراجة النارية، فزادت سرعتها بشكل جنوني، فوصفي يحاول الوصول في أقرب وقت، علّه يعفى من تبليغ هذا الخبر الحزين، و قبل أن يصلا بنحو كيلومتر خفض وصفي من السرعة مضطرًا خاصة. وأنَّ الطريق كان مزدحمًا بالسيارات، و أيضًا بمجموعات كبيرة من المعزين، الذين توافدوا على بيت الليلي، عندها بدأ مؤنس يعي ما حصل إذ أمر صديقه بأن يتوقف، ثُمَّ ترجل مع المترجلين، و بدأ قلبه في البكاء.

مرت أيام ومؤنس ينام في المقبرة بجانب قبر بيان ورغم محاولة أبويه، و مدير المعهد، و أصدقائه، الذين زاروه مرات عديدة، لإثنائه عمّا يفعل إلا أنهم فشلوا جميعًا حتى ساد الاعتقاد بأنّه جن، لهذا ذهبت أمه بعد أن أخذت معها ديكًا أسود اللون لزيارة « المدب حسن »، الذي جعل له حرزًا، و أوصى والدته بأن تغليه في ماء الورد، وتقوم بتقديمه له، ليشرب منه، وتسكب الباقي حول المكان الذي يجلس فيه. أمّا أخته التي كانت مواظبة على سماع دروس إمام مسجد المدينة، فقد حدثته عن حالة أخيها. فقال لها أنَّ الحل في الرقية الشرعية غير أنّها مُكلفة نوعًا ما نظرًا لغلاء الأعشاب، التي سيشتريها. وأيضًا للتعب الذي سيلاقيه. فقالت له، المهم يُشفى أخي. المال ليس مهمًا، فقامت ببيع خاتم خطوبتها بتسعين دينارًا، وقدمتهم لإمام المسجد، الذي جاء لمؤنس، وقام له برقية. كلها تمتمات. لم يسمع منها أحد، لا آية، ولا حديثًا، ثُمَّ دعا له بالشفاء ورحل، لكن مؤنس بقي على حاله، لا يأكل، ولا يشرب إلا قليلًا، ماكثًا بجانب القبر يناجيه.

ثلاثة أشهر والحال كما هي، حتى قال كثير من الناس إن بقي الفتى هكذا، فهو هالك لا محالة، فهزاله الشديد، ووجنتاه البارزتان، وفكاه المطبقان على بعضهما، وتساقط شعر رأسه، ليست إلا علامات الفناء، فحتى الحازة بن عمارة الصديقة الحميمة لبيان، و التي ذهبت لبيت الليلي، وطلبت من أم بيان أن تقوم بزيارة مؤنس بعد أن تجمع أغراض بيان وتقدمها له، علّه يشفى مما هو فيه، وأنْ تعتذر له عن الإساءات السابقة التي سببتها له. لم تفلح في ذلك بسبب تعنت الأم التي مازالت تردد نفس الكلام بأنّه لم يكن في يوم نظيرًا لها، وهو دون أن يفكر أصلًا في أن يحب فتاة من عائلة كعائلتنا، لكن مع ذلك فالحازة جمعت ما عندها من أغراض لبيان في حقيبة صغيرة،

التي اِحتوت على قوارير عطرها المفضل، والذي كانت تحب أن تهديه لمقربيها، و أيضًا بعض الصور و الرسائل، التي كانت كتبتها لمؤنس، لكنها لم تقدمها له بالإضافة لسلسة ذهبية تسلمتها من الصائغ بعد وفاة بيان، والتي كانت تنوي أن تهديها له في عيد ميلاده القادم كذلك البعض من ملابسها وخاصة "شورت ومريول نصف يد"

كانت تنام بهما، وما إنْ وصلت الحازة مع مجموعة من أصدقائه بالمعهد حتى رفع رأسه عن القبر. و كانت المرّة الأولى التي يفعل ذلك منذ أن وضعت بيان هناك، فكلمته الحازة،

-مؤنس، لقد جلبت لكَ أشياءً ستفرحك كثيرًا.

ثُمَّ مدت له الحقيبة، ففتح ذراعيه، و كأنه كان ينتظر قدومها، واحتضنها بقوة وبكى، فأبكى جميع من حضر.

ومع حلول مساء ذاك اليوم، شاهد بعض الفتية الذين كانوا يلعبون بأطراف المدينة، شابًا رث الثياب، هزيلًا، لا تكاد رجلاه تحملاه، فكان يجرهما جرًا، و قد بدا وكأنه عائد لتوه من رحلة موت كادت تنقله للعالم الآخر، فارتعبوا منه وهرب أغلبهم إلا إثنين منهم، و كانوا من جيرانهم حيث تعرفا عليه، لذلك هرولا نحو بيت والديه، و أخبراهما بالأمر، فبادرت الأم بالزغاريد إلا أن ابنتها الكبرى اِرتمت عليها، و وضعت يدها على فمها وقالت لها:

-أمي أرجوك أن تتوقفي عن هذا، ليس هناك داعٍ للزغاريد.

-أصمتي و أتركيني أفرح بعودة ابني.

-لك أن تفرحي لكن لابد أن نحسن معاملته و نتفهم وضعه

عندها تكلم الأب الذي كان جالسًا أمام إحدى الغرف وأمامه صحن كسكسي « حفيان » كما يسميه، فقال،

-من يخال نفسه؟ عنترة أم قيس؟ ثُمَّ ما هذا الحب؟ « كلب وجرب والوباء والكرادي » لكم جميعا، عائلة نحس.

خرجت الأم تجري، ولحقها جميع أبنائها، وهم يتسابقون لاحتضانه و ما إن وصلوا إليه حتى غاص بين أحضانهم وعلت أصوات البكاء والنحيب فخرج الجيران لحضور هذا المشهد العظيم.

عاد مؤنس، لكنَّ روحه بقيت هناك بجانبها، فالفراق صعب، فارقته في دنياه، وها هو يفارقها في قبدها، تركها بعد أن تركته، منذ الآن سيعود للسير منفردًا، سيسير وحيدًا في طرقات تعوّد السير فيها معها.

مرّت تلك السنة المرّة، لينتقل بعدها مؤنس لمعهد آخر بعد أن استحال بقاؤه بمعهده القديم، كان حريصًا على زيارة حبيبته يناجيها، ويبثّها لواعج صدره، يشعر بأنها تستمع إليه لولا أنها لا تستطيع الرد عليه.

حمل معه صورة لها بعد أن قام بتكبيرها، ووضعها في إطار، صارت مؤنسته في غربته الأبديّة، يعلّقها على الحيطان أينما رحل، فيصبح ويمسي عليها، أحيانًا يشتدّ به وجع الفقد. يقف يكلّمها لكنّه يتحاشى النظر إليها في عينيها.

نجح في الباكالوريا، فانتقل للدراسة بالعاصمة، مرّت أربع سنوات، فتخرّج. فرحت عائلته بنجاحه، لكنّه تقبّل ذلك ببرود الموتى. زارها في ذلك اليوم، ووقف عند قبرها، قرأ عليها الفاتحة، ثُمَّ صمت حتى أرخى الليل أطرافه. أكمل ليلته هائمًا في الطرقات، يبكي حبيبة، ذهبت دون عودة. أحسّ بالتعب الشديد، وبأنَّ رجليه لم تعودا تقويان على حمله، فعاد منهكًا للبيت.

في الصباح ودّع عائلته، وأخبرهم بأنّه عائد للعاصمة، ليبحث عن عمل. كان ذلك نصف الحقيقة. أمّا نصفها الآخر فهو بحثه عن ذاته التي تفتت بين حبيبته و ذكراها و طيفها الذي يلاحقه أينما ذهب.

كانت شوارع العاصمة مكتظة بالبشر، وكان مؤنس حين يسير فيها يتخيّل بأنّ بيان ستخرج له من بين هذه الحشود، لتقول له هأنا. لكنّ خياله سرعان ما يعيده لواقعه. تعب كثيرًا قبل الحصول على وظيفة بشركة للبرمجيات، وقّع العقد دون نقاش حتّى أنّ مسؤولته المباشرة، أبدت بعضًا من الاستغراب حول ذلك، إذ سألته:

- مؤنس، هل لديك أسئلة ما؟

أجابها:

- لا.

- كيف لا، لقد وقعت دون أن تنظر حتى في بنود العقد.

- العقد واضح، و لا يحتاج للنظر.

- أنت رجل غريب.

-لاغريب، و لا شيء، سيّدتي رجاء أعطني نسختي من العقد. أريد الخروج، وغدًا نلتقي عند بداية الدوام.

خرج مؤنس و جملة " أنت غريب " ترنّ في رأسه، هل فعلًا أنا رجل غريب؟ غريب بماذا؟ غريب بلا حبيبة، غريب بلا حبّ، غريب حتّى عن نفسي.

سار في الشوارع و الأنهج يحدّث نفسه مرّة بهمهمة، و مرّة بحركة شفاه، ومرة أخرى بقلبه، مشى حتى وجد نفسه أمام البيت الذي اكتراه. فتح الباب، ثُمَّ دخل. رمى بالعقد فوق الطاولة، ورمى بنفسه فوق السرير، ثُمّ نام على تلك الحال حتّى أنّه لم ينزع حذائه.

الرحلة اللعينة

باغته شعور غريب و هو يطأ بقدميه سطح المدخل المؤدي لداخل الطائرة المتجهة من فرانكفورت لباريس، شعور لم يستطع تفسير كنهه، فقد سرى في نفسه شيء من عدم الاِتزان و الاِرتباك، وكأنّه أول مرّة يصعد طائرة ويسافر رغم سفراته الكثيرة إلى مدن مختلفة من البسيطة، إلى درجة أحس فيها ببنات بطنه تكاد تفلت ما بداخلها دون أن تترك له مجالًا للتحكم في الأمر، و لو لثانية واحدة، فسارع برمي حقيبته عند أول مقعد اِعترضه، ثُمَّ اِتجه كالسهم نحو بيت الراحة الذي لم يكن مريحًا أبدًا، فلشدة ضيق الحمّام و لضخامة بدنه، التي أضحت عيبا خلقيا فيه، لم يستطع الولوج إلا وهو يسير للخلف تاركًا نصف بطنه خارجًا يأبى الدخول، و كأنّه غير معني بما يحصل له، أخيرًا بعد عناء تمكن من اِدخال بطنه، و من الجلوس لكن يبدو أنه لن يهنأ بذلك فقد سمع المضيفة تقول:

- الرجاء من كافة المسافرين وضع أحزمة الأمان، نحن في وضعية إقلاع.

- وضعية إقلاع ماذا؟ ألا يستطيع هؤلاء الحمقى الاِنتظار قليلًا ... أولًا، ثُمَّ نقلع، فبطنه لا تحتمل الإقلاع في هذه الوضعية، تبًا لهذا الكرش المنتفخ الذي أفسد عليه حياته في الأرض، وها هو يكاد يفسدها في السماء، لقد حاول هزمه مرارًا، لكنّه فشل في جميع محاولاته، ففي كل مرّة سعى فيها للقيام بحمية إلا و انتهى به الأمر في مطعم من المطاعم ببالپيل حتى أنّه قرر في إحدى المرات تمثّل أنه مناضل سياسي شرس منفي في فرنسا لا يقبل أي مفاوضة، قرر خوض إضراب جوع وحشي للمطالبة بمزيد من الحريات السياسية في وطنه الأم

وشرع في الإضراب الذي لم يدم سوى نصف يوم، المهم أنه اقتنع أخيرًا، و رفع الراية البيضاء، و استسلم لكرشه. سمع المضيفة تكرر ثانية ما قالته بلهجة أكثر صرامة، ففكر هنيهة، وقال سأبقى هنا، و ليحصل ما يحصل. لابد أن أرتاح من هذا الحمل، و ما أن اتخذ قراره، وعزم على البدء حتى سمع طرقًا شديدًا على الباب، و إذ بالمضيفة تقول:

- رجاء الذهاب للمقعد المخصص، بقاؤك هنا خطر.

- أي خطر؟ بل الخطر لو بقيت هكذا، فزاد إحساسًا آخر لجملة أحاسيسيه، إحساس بأنه مستهدف، كيف؟ لا يعلم، المهم أنه لن يكون مرتاحًا منذ الآن.

لكن لم يكن أمامه خيار سوى الطاعة، وتنفيذ الأوامر، نهض مرغمًا عنه، و فتح الباب، ثُمَّ توجه وهو يصارع كرشه نحو الكرسي رقم ٢٨ المخصص له الذي كان محاذيًا للنافذة. إذ تعود ذلك في جميع أسفاره حيث يستطيع بين الحين و الآخر النظر للخارج، و معرفة أين تحلق به الطائرة بالضبط. لكن وقبل أن يجلس تذكر أنه رمى حقيبته بأحد المقاعد في أول الطائرة، فسارع إلى هناك وما إنْ رأته المضيفة حتى قالت:

- سيدي، أرجوك أن تجلس في مكانك، أنت تعرض حياتك وحياة الآخرين للخطر.

فأجابها،

- لكني أبحث عن حقيبتي

- إذن من فضلك أسرع، فالطائرة بدأت بالتحرك، و قائد الرحلة أصدر تعليماته.

حاول الهرولة، ليبدو كأنه حريص على تنفيذ التعليمات، لكنَّ في حقيقة الأمر أراد الانتهاء من جلب حقيبته بأقصى سرعة، و العودة لمكانه المخصص مخافة أن تزيد الحركة في داخل بطنه، فتتعكر الأمور أكثر، وصل للمكان الذي رمى فيه

الحقيبة، و لكنَّه لم يجدها، بل وجد رجلًا، بدا من ملامحه أنّه من أوروبا الشرقية، فسأله:

- من فضلك، ألم تجد حقيبة ظهر هنا؟

- ماذا تقصد أيها العربي القذر؟ أتتهمني بالسرقة؟

- لا ليس...

وقبل أن يتم جوابه شعر بكف يهوى على خده الأيمن، أفقده الكثير من توازنه، و أدار الدنيا من حوله حتى كاد يسقط، لكنّه سرعان ما تدارك الأمر، و لم يتمالك نفسه، فلَكَم الرجل، فطرحه فوق كرسيه، لكنّه قام سريعًا، وتشابكا بالأيدي، فصاحت المضيفة:

- رجاء توقفا و إلا أوقفنا الرحلة، واستدعينا الأمن.

وما إنْ قالت ذلك حتى تدخل بعض الركاب لاحتواء الأمر، ثُمَّ علت صيحات اللعن و الشتم بجميع لغات العالم المعلق بين السماء والأرض في حقه حتى خيّل له أنه اِرْتُكِبَ جريمة اِغتصاب في حق أمّة، لماذا تدينه جميع هذه الألسن و العيون في الطائرة، إنه معتدى عليه، فهو لم يبادر بالاِعتداء، كان يدافع عن نفسه ليس إلاّ لكنّ العالم تعوّد إدانة العرب حتّى إن كانوا مظلومين.

ثم قالت المضيفة، وهي تخاطبه مباشرة.

- رجاء سيدي عد لمكانك، و أنا سأتكفل بحقيبتك.

رجع لمقعده وهو يحاول تحريك فكيّه من أعلى لأسفل ومن أسفل لأعلى يتفقد الأضرار الناجمة عن الصفعة، التي كادت تتسبب له في حول لولا لطف الله، كما أحس بانتفاخ في وسط الخد الذي سرعان ما احمارّ، فبدا كقرص شمس ملتهب في يوم قائظ من أيام الصيف.

وقبل أن يجلس شعر و كأنَّ الطائرة تحولت لصاروخ، هدير غير طبيعي للمحركات، اِهتزاز مشابه لرعشة المريض في

سكرات الموت، و كأنهم سيقلعون نحو المريخ، فقال ما هذه الطريقة في الإقلاع؟ غير طبيعي ما يحصل، ثُمَّ خُيّمَ الصمت، و أطبق على الأفواه، و كأنَّ المكان تحول لمقبرة لا يرى فيها أي أثر للحياة، أمام هذا الوضعي اللّاعادي وجد نفسه يندفع دونما إرادة نحو كرسيه، دفعة جعلت جميع جزيئات جسده لا تجد لها قرارًا إلا بعد ثوانٍ إلى أن اِستفاق على صوت أنثوي خافت:

- أرجوك، اِبتعد أيُّها الأحمق تكاد تقتلني.

عندها تبين له أنه نتيجة لِإهتزاز الطائرة سقط فوق امرأة. كانت تجلس في الكرسي المحاذي لمكانه، حاول اِسترداد توازنه والنهوض، لكنْ كالعادة كرشه هزمه مرّة أخرى، و لولا أنها ساعدته المسكينة، حيث سعت جاهدة لدفعه من أسفل مشكلة بذلك رافعة تكاد تسقط و تتحطم لثقل ما تحمل، لمكث هناك ساعات عددًا أخيرًا. وجد نفسه في مكانه، و كل شيء مبعثر في داخله، حاول وضع حزام الأمان، لكنّه لم يستطع، فترك الأمر على حاله.

وقبل أن تكمل المضيفة تلك الحركات التي تفسر كيفية النجاة في حالات الطوارئ، و دون المرور بأيّة مقدمات تغيّر وضع الطائرة بشكل فجائيّ، فأصبحت في وضعيّة عموديّة أكثر من اللّازم جعلته يتخيل أنَّ الجالسين في المقدمة سيسقطون فوقه، وما زاد من تعكير الأمور اصطدامها بمطبات هوائية جعلتها تتمايل يمينًا و يسارًا، فكان الأمر أشبه بطائرة فقد قائدها السيطرة عليها، و إنها لساقطة لا محالة، فكان لشدة الهلع الذي أصابه يردد كل ما حفظه في صغره من آيات قليلة من القرآن، و بعض أدعية الحصن الحصين، و مع إكثاره من التمتمة أثار حفيظة المرأة الجالسة بجانبه، التي دعته و هي

مبتسمة للكف عن الثرثرة، ومواجهة الموت بشجاعة، فكتم غيظه، ولم يرد.

فتلك الفاتنة كانت هادئة، وكأنَّ لا شيء يحدث، بل إنّها لم تترك تصفحها لإحدى الروايات، وواصلت القراءة في طمأنينة. لم يفهم سرها، ألهذه الدرجة ليست مكترثة بما يحصل؟ أم تراها جاهلة به؟

وبالنسبة له هل بلغ به الجبن هذا المبلغ؟ لماذا لم يكتشف جبنه سوى في هذا الوقت؟ آه لو تم له هذا الاِكتشاف قبل الآن، لكان جالسًا في هذه اللحظة في شقته الصغيرة في باريس مطمئنًا مرتاحًا من عناء هذه المواجهة المرعبة، لماذا يسافر أصلًا؟ لماذا يذهب إلى ألمانيا و يعود منها؟ لماذا يترك باريس الجميلة؟ ففيها كل ما يريده، لماذا يسافر دونها ليعود إليها؟ لماذا يسافر بالطائرة؟ كان يمكن أن يستقل القطار، أو يأخذ سيّارته، (" ولكني لستُ رعيب العين")، هكذا قال بينه و بين نفسه، فربّما لأني خبرت الطائرات، و عرفت كم هي غدارة.

وفي تلك اللحظات المتداخلة الغير مفهومة، اِستقرت الطائرة فجأة فزفر زفرة كادت تتشقق معها أضلع صدره، ثُمَّ نظر من النافذة بعد أن رفع ستارها الصغير، فلم ير أيّ أثر لما يمكنه أن يشكل خطرًا على الطائرة، ولم يشاهد سوى أشعة الشمس المشرقة، و زرقة السماء الصافية، ومع استغراقه في التمتع بجمال المنظر رأى أنّهم بدأوا يقتربون من كتل من السحب السوداء بدت كأنّها جبال شواهق، فعاودته الحاجة للذهاب للحمام، ودَبّ الخوف في قلبه من جديد.

نهض، ثُمَّ قال للمرأة التي بجانبه،

- معذرة، أريد الخروج.

فلم تجبه، فأعاد ما قاله، ولكنّها لم ترد، فاستشاط غضبًا، ومسّها من أعلى كتفها، فانتبهت مذعورة، وكأنه قد مسها

جن، و بعد أن نزعت سماعات كانت تضعها في أذنيها، و حين رأته واقفًا و بطنه يكاد يلامس أرنبة أنفها قالت:
- ماذا تريد؟ ألا تكف عما تفعله؟
- و ما الذي أفعله؟ أريد الذهاب للحمام، هل عندك مانع؟
- لا طبعا، تفضل.

وصل الحمام، و قد تعقدت الأمور أكثر فأكثر داخل بطنه، وما إنْ فتح الباب حتى سمع صوت قائد الطائرة يقول:
- الرجاء من كافة المسافرين ملازمة مقاعدهم بشكل فوري وعاجل.

فقال:
- مستحيل، ما الذي يحدث معي؟ لماذا لا يتركني هؤلاء الحمقى أهنأ بلحظة راحة واحدة، لحظة واحدة ليس إلا، ما هذه الرحلة اللعينة؟

نظر لكرشه، ثُمَّ طبطب عليه بيده، وهو متردد بين أن يمضي في قراره بالدخول للحمام، أو الامتثال لأوامر قائد الطائرة، و العودة لمقعده إلى أن جاء كلام المضيفة مؤكدًا لما سبق حيث دعت المسافرين لِالتزام مقاعدهم، و وضع أحزمة الأمان، فثبت لديه أنّه لا مفر له من الاستسلام والامتثال للأوامر، عاد يجر رجلاه جرًا، و جلس في مقعده.

بحدسه قدر أنَّ أمرًا غير عادي يحصل في الطائرة التي لم تكن ثابتة بما يوحي أن قائدها مسيطر عليها، وبأنَّ أمرًا ما يحدث داخل غرفة القيادة، حاول التخاطب مع المضيفة حين رفع يده مشيرًا إليها، لكنّها أجابته بإشارة فهم من خلالها أنّها لا تستطيع مغادرة مكانها، فهذه أوامر قائد الطائرة، فترك الأمر. لكنَّ المرأة الجالسة بجانبه قالت له:
- أراك قلقًا، هل أنت على ما يرام؟
- نعم و أشك أنّ أمرًا ما يحدث داخل غرفة القيادة.

بدت علامات القلق و الضيق على وجه المرأة، ثُمَّ قالت:
- ماذا تقصد؟
- لا شيء، انسِ الموضوع.
- كيف أنسى، قل لي أرجوك. ماذا أردت أن تقول بشكّك؟
- أظن أن قائد الطائرة فقد السيطرة عليها، أو يكاد.

ارتعبت المرأة و انخرطت في بكاء شديد، فتدفقت دموعها كنهر سيال، أثارت انتباه كلّ المسافرين، و ذهب في ظنهم أن الجالس بجانبها قد قلل من أدبه تجاهها، فسألتها إحدى الجالسات وراءها:
- ما بك سيدتي، هل أزعجك هذا؟
فردت،
- لا لا، لكن يبدو أننا في ورطة.

ثُمَّ انتشر حدسه، فتقاسمه مع الجميع، الذين اصفرت وجوههم، و تشبث كلٌّ منهم بكرسيّه. ينتظرون ما سيسمعون من قيادة الطائرة، ولكنْ، لا أحد في تلك اللحظة تكلم، تلك اللحظة التي تغير فيها اتجاه الطائرة، فكانت في طريقها نحو الأرض تهوى بسرعة قياسيّة، فلم يعد يفصلهم عن النهاية إلا دقائق معدودات، وَعَلَا صراخهم وعويلهم، واختلطت اللهجات، واللغات، وتداخلت الألسن، ولم يجمعها سوى نداءات الاستغاثة المتكررة، التي كانوا يرسلونها لأحبائهم، ودعاء للإله العظيم أن ينقذهم، عندها فقط. وفي ذرات من الزمن المتبقي له في الدنيا، حاول فعل شيء ما، استجمع ما بقي فيه من آثار العروبة التي لا تستسلم، فاندفع نحو غرفة القيادة، فكان وهو يجري خلال تلك الخطوات القليلة فاتحًا ذراعيه يطرح بهما قوة الاندفاع التي تشده، فتفقده التوازن، كالصقر إذ فتح جناحيه وهوى على فريسته يفتك بها، أراد أن يفتكّ

الزمام و يقود مبادرة تنقذ أرواحًا كثيرة، وصل أمام الباب الموصد من الداخل، لكنه استعمل خبرته، و فتحه سريعًا، وجد قائد الطائرة شبه نائم، و مساعده يحاول أن يقوم بشيء فلا يقدر، جذب الأول، وطرحه أرضًا، ثُمَّ قال للثاني:

- لا مجال للمحاولة، سنهبط إضطراريا.

لم يجبه، و لم يسأله أصلا من هو؟ وكيف سيقود معه الطائرة؟ و كيف سيهبط بها؟

اتخذ مكانه، ثم خاطب الركاب:

- لن أكذب عليكم، الطائرة تهوي، بإمكاني فعل شيء ما إن ساعدتموني، إربطوا أحزمة الأمان بشكل جيد، سننزل على سطح البحر ليس لدينا حل آخر، رجاء البسوا السترات الواقية، وجهزوا أنابيب الأُكسيجين.

في نفس اللحظات التي كان يخاطب فيها الركاب، طلب من المساعد إرسال إشعار لأبراج المراقبة يخبرهم بأنهم سينزلوا بالطائرة فوق سطح البحر، فرد أقرب الأبراج بأنَّ أربع طوافات وخمس زوارق حربية انطلقت لتأمين المكان، و للإسعاف، في حين كان هو يخوض صراعًا مريرًا مع الطائرة لإجبارها على الصعود مجددًا، كان يحاول تفادي الجبال، أخيرًا نجح في الارتفاع بها، وأخيرًا. نجح في الإرتفاع بها لكنّ الوضعَ لا يزال صعبًا، كان على يقين أنه عليه تجهيزها للنزول، و ليس هناك أية إمكانية أخرى، لكنَّ خطته تتمثل في أنه يصعد بالطائرة لأعلى مستوى ممكنًا، ليترك مجالا للركاب للاستعداد. و أيضًا لطواقم الإسعاف لتحل بالمكان، أو على الأقل تكون على مقربة، و أيضًا ليتخذ هو نفسه أفضل وضعيات النزول، و أقلها ضررا بشريا، الآن كل شيء جاهز، لابد أن يخاطب الركاب مجددًا:

- الرجاء الهدوء، نحن ننزل.

في الغد كتبت الصحف الفرنسية، والألمانيّة، و العالمية بأنَّ أحد العرب الإرهابيين حاول اختطاف طائرة كانت متجهة من باريس لفرانكفورت بعد أن اعتدى على قائدها عارضة صورًا لحقيبة ظهر بها بعض أدوات الحلاقة، قيل أن الخاطف استعملها ولولا بسالة الركاب الفرنسيين الذين سيطروا على الخاطف، ومهارة مساعد قائد الطائرة الذي نزل بها نزولًا معجزًا فوق سطح البحر لحدثت كارثة كانت ستودي بحياة مئات الأبرياء منقذًا بذلك ثلاثمائة و خمسين مسافرًا من الهلاك الأكيد، وفي المساء كانت تلك السيدة التي كانت تجلس بجانب العربي مختار الطيار السابق طوال الرحلة تتابع القنوات الفرنسية في بثها المباشر من قصر الإليزيه، وهي تعرض مشاهد مباشرة لتأبين سبع من الركاب الذين توفوا نتيجة ارتطام ذيل الطائرة بالماء عند الهبوط، وفي نفس الوقت تكريم الرئيس الفرنسي لمساعد قائد الطائرة بمنحة الوسام الأعلى للجمهورية.

فقالت: ليته تركنا نموت.

ذكريات حبيسة

رن جرس هاتفي الجوال،

- دكتور منصوري، رجاء هل يمكنك الاِلتحاق بالمصحة بسرعة؟

- نعم يمكن ذلك.

- سأبقى معك على الخط، لأخبرك بكل تطور يحصل.

- تمام، أنا قادم.

من حسن الحظ أنّي لم أكن بعيدًا عن المصحة حين تلقيت المكالمة، تخبرني فيها إحدى سكرتيرات مصحة السلام التي أعمل بها، بأنّه وصلتهم حالتان مستعجلتان لأحد الرجال المهمين في الدولة و زوجته، و هما في حالة غيبوبة تامة بسبب إصابات عدّة لحقتهما نتيجة تعرضهما لحادث سير، إذ كانت المرأة تعاني كسورًا عديدة، و الرجل أصيب بنزيف داخلي، و حالتهما الصحية دقيقة للغاية. و تتطلب تدخلات جراحية كثيرة بشكل فوري، لا يحتمل التأخير، لكن رغم أن الفريق الطبي المناوب حاول عمل شيء ما إلا أنّ الأمر أصبح بالغ الصعوبة، و يوشك على الخروج عن السيطرة، لذلك استنجدوا بي، ففي هذه الحالات بالغة التعقيد يُحتاج لطبيب ناجع، ليقود الطاقم الطبي.

ما إنْ وصلت حتى أوقفت سيارتي أمام الباب الخارجي، رميت المفتاح للحارس عمّ الشحدوري، ثُمَّ ركضت نحو قسم الاستعجالي، وجدت لوازمي جاهزة، غطاء الرأس، والكمامة، والقفازات، والميدعة، و النعل، كانت الساعة الكبيرة المركزة في بهو الاستقبال، و هي ساعة لها فأل حسن عند مالك المصحة حيث يكرر على مسامعنا بمناسبة، أو بدونها. أنه

جلبها من بيت الله الحرام حين حج خلال سنوات مضت، لكن سلوكياته، و خاصة لسانه السليط البذيء لا يوحي البتة أنه وطأ أرضًا مقدسة، أو شرب ماءً مقدسًا، كانت تشير إلى السادسة و خمس و أربعين دقيقة مساء، بسرعة البرق لبست السروال الطبي فوق سروال الجينز الذي كنت أرتديه، و انتعلت بعد أن رميت حذائي جانبًا، ثُمَّ خلعت معطفي، ولبست الميدعة، ووضعت غطاء الرأس والقفازات، وأنا أجري في الممر المؤدي لغرفة العمليات التي ما إن دخلتها حتى وقفت على أمر عظيم، فقد عادت بي الذاكرة لسنين خلت، إذ كنت في نفس اللحظة الحاضر فيها جسدًا، كنت غبت روحًا، فروحي شيئا فشيئا و أنا أمسك بالمشرط بدأت تغرق في هوة ماض سحيق، ماضٍ مليئ بأخاديد من الجروح، التي ما زالت ندوبها حاضرة، لا تندمل و تأبى إلا أن تذكرني بما أريد أن أنساه.

تذكرت يوم نجاحي في الباكالوريا. و كيف كادت أمي تجن فرحًا، زغردت، ثُمَّ زغردت، ثُمَّ زغردت حتى بَحّ صوتها، أصرت أن تذبح لي كبشين أملحين هما الأكبر في زريبتنا، وأقامت لي حفلًا أشبه بعرس. مرت الأيام، ثُمَّ جاءت فترة التوجيه، فدعتني أمي للتوجه لدراسة الطب، رغبة منها أن تراني طبيبًا، فآثرت طاعة لها أن أحقق حلمها الحبيس رغم أني لم أكن أميل للطب، إذ كنت مغرمًا بالكتابة، وتمنيت لو حلمت أمي بأنْ أصبح كاتبًا مشهورًا، توجهت لكلية الطب. لقد عشت خمس سنوات من أروع ما عشت في حياتي، إذْ فكرت في بداية دخولي للكلية بدفع طلب لإعادة التوجيه، لكنْ، حين قابلتها تغيرت نظرتي للطب، فقد أحببته من أول لقاء، وأقبلت عليه دونما تفكير.

نادرة الحاير، فتاتي التي أرغمني حبها على التعلق بالمشارط والإبر، كانت رقيقة رقة نسمات الصباح الباكر،

وكان صوتها أخفت من ألوان الشمس حين المغيب، لم يفتنّي جمالها الغلاب، الذي يذهب بعقل اللبيب العارف، بقدر ما أسرتني روحها، و سلبت عقلي، و أبت أن ترده عليّ، أحببتها وأحبتني فتعاهدنا على الوفاء، وألّا يفرقنا إلا الموت.

مضت السنوات الخمس، و كللت بنجاح و تفوق باهرين، ثُمَّ كانت السنة السادسة التي اِنقلب فيها كل شيء من حولي حتى خلت نفسي في لحظة من اللحظات أني في كابوس مرعب، وسأستفيق منه لا محالة، بدأت الحكاية بمقال كتبته في إحدى صحف المعارضة، ورغم أنّه كان مُمضى باسم مستعار، هو اسمي الحركي في التنظيم، إلا أن البوليس السياسي نجح في الوصول لي. كنت جالسًا في مكتبة الكلية حين جاءتني إحدى الزميلات تخبرني أن نادرة بانتظاري في إحدى المكتبات القريبة من الكلية، و هي بصدد طباعة آخر محاضرات الدكتور عمري، وما إن خرجت وعند أول منعطف لاحظت وجود سيارة استربت في أمرها، لكني لم أعرها اهتمامًا كبيرًا، و واصلت سيري. وبمروري بجانبها لم أشعر إلا والأيدي تتخاطفني، وترميني مكبلًا، معصوب العينين في داخلها، سارت بنا السيارة قرابة الثلاث ساعات دون توقف، شبعت خلالها ركلًا ورفسًا، وبصقًا وشتمًا، كانوا يتناوبون على ضربي، وهم يقولون:

- أتعبتنا يا ابن القح...ة، اليوم يومك يا ميب...ن، سنسلخك سلخا.

ثُمَّ تكلم أحدهم فقال:

- دعوه «للباشا » فهو يحتاجه شخصيًا.

لم أعرف من هو « الباشا » في ذلك الوقت و كل ما عرفته أنه مسؤول رفيع في جهاز البوليس السياسي.

وصلت مركز الإيقاف و مباشرة بدأت جلسات الاستجواب وبين كل جلسة وأخرى حفلة من حفلات التعذيب، سألوني عن كل شيء، لكني صمدت صمودًا خرافيًا كاد يصيب « الباشا » بالجنون، فلم أقل شيئًا، لا عن موقعي في التنظيم، ولا عن مهامي المكلف بها، ولا عن مسؤولي المباشر، ولا عمن هم تحت إمرتي، كانت هذه أسئلة مساعدي « الباشا».

أمّا « الباشا » نفسه، والذي لم يكن سوى منير العايب زميلنا السابق في الكلية، والذي قضى معي سنتين دراسيتين قبل أن يلتحق بسلك الأمن بعد مناظرة قال أنّه نجح فيها. فهذا « الباشا» الذي بدا في نفس سني، أو يزيد قليلًا، بشوارب كثيفة، وشعر أحرش متجعد، و عينين غائرتين تطلقان نظرات كالشرر، وشفتين مائلتين للسواد نتيجة التدخين، الذي لا ينقطع، كان غريمًا لي على قلب نادرة، فلطالما تودد لها، وسعى في نيل قربها، لكنّها تمنعت وأسلمتني مفاتيح قلبها أمام ناظريه، فأسرّ كلّ ذلك في نفسه، و نقم عليّ منذ وقتها، كما كنا متنافسين في كل شيء تقريبًا، كان ناشطًا في شبيبة الحزب الحاكم، وكنت وقتها قياديًا لصف ثانٍ بأحد أحزاب المعارضة الرئيسية في تونس، كان يعلم ذلك، و قد سعى للإيقاع بي عدّة مرّات، لكن حسي الأمني والاحتياطات، التي اتخذت جعلاني أفلت في كل مرّة، إلى أن كان ذلك اليوم.

كما أنه كان فاشلًا في الدراسة وحتى نجاحه في السنتين اللتين قضاهما في الكلية، يعود الفضل فيه للغش، ولبعض أساتذة الحزب الحاكم، وعميد الكلية الذي لم يكن يدخر جهدًا في إنجاح أمثال منير، أمّا أنا فكنت طالبًا متميزًا، إذ كنت في كل سنة أحوز إحدى الثلاث المراتب الأولى بالكلية، لكن مع هذا لَمْ يتم تكريمي ولو مرّة، أيضًا كنت نشيطًا جدًا فقد أسست رفقة زملائي عددًا من النوادي، مازالت موجودة إلى اليوم

وأيضًا جمعية لمكافحة أمراض العيون لدى الأطفال اسميناها « العيون »، وصعّدنا نادرة رئيسة لها وهي إلى اليوم ترأس مجلس أعضائها الشرفيين، منير حاول مجاراتي، لكنه في كل تجربة يخوضها يخرج بفضيحة أشد من التي سبقتها، وحتى حين غادر الكلية، والتحق بسلك الأمن، كانت في البداية تصلنا أخبار فضائحه، ثُمَّ اِنقطع خبره، ولم نعلم أين ذهب. لكن كنا قد ارتحنا من آذاه الذي لم ينقطع حتى و هو يعمل بعيدًا.

آخر جلسات التحقيق جرت قبل يوم من محاكمتي، أصر حمادي أن يشرف عليها بنفسه، فرغم أني كنت شارفت على الموت بسبب التعذيب الشديد الذي تعرضت له إلا أنه لم يكفه ذلك، بل أَبَى الإمعان في إذلالي و الضغط عليّ، علّني أعترف بشيء ما، لكن في قرارة نفسي كنت أعلم يقينًا أن أي اِعتراف يعني نهايتي، لذا يجب أن أصمد حتى أنه حين يئس، صاح سابا الجلالة،

- هل أنت حجر؟ يا كلب، ستتكلم غصبا عنك.
- منير، قلت ما عندي.
- سيدك منير، يا حيوان، يا حشرة، يا مي...ون.
- لا سيد لي إلا الله.

وما إنْ رنت كلمة الله في أذنه حتى ازداد جنونًا و وحشيةً وكأنه شيطان رجيم لا ينهره التعوذ، فيتولى هربًا من فعله القبيح، فأشتد ضربه لي، و كان آخر ما فعله أن تبول علي، لكني كنت أبتسم، فيقول،

- تضحك، يا ابن العاهرة، سنرى من يضحك آخرا، لن تخرج من السجن إلا إلى القبر.

لكنّه لم يكتف بذلك، بل جلب معه طبيبًا كنت اِلتقتيه فيما بعد بإحدى الندوات محاضرًا حول الأخلاقيات المهنيّة وحقوق

الإنسان، قام بحقني بمضادات حيوية، تجعلني أبدو بحالة عادية أمام القاضي و محو آثار التعذيب.

في الغد و وقفت أمام القاضي الذي خاطبني:

- اسمك و سنك؟

- يحي منصوري، أربع وعشرون سنة.

- أنت متهم بتشكيل وفاق إجرامي و بأنك جزء من قيادته

- سيد القاضي، لقد تعرضت لتعذيب شديد و أنا أنفي عن نفسي أية تهم، ،جميع اعترافاتي كانت تحت التعذيب الذي تعرضت له

رفعت الجلسة للمفاوضة، والتصريح بالحكم، المهم أني حوكمت بخمس وعشرين سنة سجنًا قضيت منها خمسة عشرة سنة متنقلًا في سجون الجمهورية من شمالها لجنوبها، خلال تلك السنوات الطويلة التي منعت في بدايتها من إتمام دراستي، كانت نادرة تزورني، لكنَّ منيرًا بدأ الجزء الثاني من مخططه للاستيلاء والسطو عليها، فكان يتودد لها حينًا، ويهددها أحيانًا. وفي يوم جاءت لزيارتي، لكنّه لم يُسمح لها بالدخول إذ تعللت إدارة السجن بأنّه يمنع قانونًا لزيارة المساجين إلا من قبل أقاربهم، وهذه لم تكن سوى حجة فقط. إذ لطالما زارتني في السابق فقط. يكفي أن تمد يدها لجيبها، وتخرج خمس أو عشر دينارات، و بعدها تخرق كل القوانين. ويخرق الدستور نفسه إنْ لزم الأمر، بقيت تنتظر إلى المساء. لكنّها لم تتمكن من زيارتي، وحين قررت العودة أدراجها كان الظلام بدأ يرخي سدوله. لم تكن تعلم أن ذلك الشيطان سيقوم بتحويل وجهتها لغابة قريبة من السجن. أين اغتصبها بوحشية؟ ثُمَّ رماها أمام بيت والديها، ولأنّه هو الحاكم أقرت بضعفها واستسلمت له، وقبلت الزواج منه درءً للفضيحة، وطي صفحتي للأبد، هكذا قالت لي في آخر رسالة وصلتني منها.

بكيت كثيرًا يوم استلمت الرسالة، و عشت ساعات نقمة كادت تذهب بما بقي فيَّ من إنسانية، لكني غالبت نفسي والأيام، وتغلبت عليهما بمصحفي الذي كنت أحمله في صدري، فعكفت على دراسة القرآن و الحياة بين سطوره وكلماته وأحرفه، فوقفت على أن الحياة اشتباك بين باطل ممتد وحق حسير بينهما جولات لا تنتهي، فإن كنت مؤمنًا بما أقوم به، فلا يجب أن يكسرني شيء، وفعلًا. بدأت في معاودة المحاولات مع إدارة السجن الذي كنت قضيت فيه سبع سنوات، للسماح لي بالتسجيل مجددًا بالكلية بعد أن وصلتني أخبار عن بعض الإفراج السياسي في البلد، بسرعة لم أتوقعها. وافق مدير السجن على طلبي، فعاودت التسجيل، و أتممت سنتي النهائية، ثُمَّ أكملت سنتين اختصاص جراحة مخ و أعصاب، يوم تخرجت كنت مازلت بالسجن و جاءت أمي، لتحتفل معي. ارتدت ملبسها التقليدي التونسي، كما ضج المكان بصوت زغاريدها فشعرت بنشوة الإنتصار على منير، فاليوم هزمته، اليوم مشرطي أقوى من مسدسه، أنا لا أقتل، أنا أهب الحياة.

أنهيت تدخلي الجراحي بسرعة كبيرة للمرأة إذ كانت حالتها أقل خطرًا من زوجها، الذي كان يعاني وينزف كثيرًا، في لحظة ما فكرت في أن أتركه يعاني أكثر. وأنْ أبقى متفرجًا عليه أتلذذ بعذاباته، وهو ينتهي أمامي ببطء، لكني تراجعت. ومضت روح الثأر، التي إلتهبت فجأة فيّ أبعد من ذلك، فلو مات سيرتاح، ولن أكون أمام نصر حقيقي، لابد له أن يبقى على قيد الحياة. وأنْ يتعذب كما تعذبت، ففكرت أن أحقنه بمادة « الإكسيناكس» وأنهي أسطورة رجولته للأبد، وأتركه علبة فارغة، ثُمَّ فكرت بأشد من ذلك بأنْ أعطل له عمل النخاع الشوكي والأوردة المسؤولة عن الحركة، فيصاب بشلل كامل لأبقيه عالة على المجتمع، كما كان دائمًا، لكنْ، عنت لي فكرة أكثر فظاعة،

وتكاثرت الأفكار في عقلي الثائر، و تداخلت حتى شعرت بنوع من الدوار، وكدت أسقط لولا أني استندت على كتف أحد معاوني، الذي حلمني و أجلسني على كرسي، سرعان ما نهضت منه حاملًا حطام نفسي، ومتحاملًا على مشاعرها الحاقدة التي سعيت جاهدًا لإطفائها، لأنهي عملي كطبيب يريد أن ينتصر لشرفه، و شرف مهنته.

وصلت بيتي الساعة الرابعة فجرًا، حيث اتجهت مباشرة لمكتبي في البيت. ما إن دخلت حتى نزعت معطفي وعلقته جانبًا، فالطقس كان باردًا برودة الشتاء الذي يأبى الرحيل. مطر كثير، وريح عاصف، و ظلام شديد، فلا يكاد الرائي أن يمد بصره لأبعد من بضع أمتار.

جلست على أريكة بعد أن أعددت فنجان قهوة أروم به استرجاع شيء من دفء فؤادي، فللقهوة قصة طويلة معي، صاحبتني أيامًا وليالي في تلك المحنة التي ظننت أنها أُبدّت معي، وأنّها ستلازمني بقية حياتي، جلست أرتشف قهوتي وأخط بعض الأسطر من نص بدأت كتابته منذ مدّة. يحكي شيئًا من سيرتي وما شهدته من تقلبات وتغييرات لم تكن جلها موفقة، أو وردية كما يخيل للكثير من الذين يرون ما أنا عليه اليوم، فجل المحيطين بي الآن لا يعلمون إلا النزر القليل من قصتي مع الأحزان، إنه خيار شخصي أن أدفن أشياء من الماضي محاولًا محوها بالكتابة، بالتدوين فهذا آخر دواء توصلت إليه لعلاج جروح نفسية أبت أن تطيب، فكلما كتبت أحسست بنوع من الراحة، فكأني أتخفف من أعباء حملتها لسنين، لم أكن أعلم هذا السحر للكتابة، ومفعولها الساحر على النفس المجروحة، المكلومة قبل أن أجرب ذلك، وها أنا أكتب كلما حانت ساعة صفاء وتجلي.

أكتب لا لأشفى، لكنْ، لأسجّل الذاكرة، وأحفظها للأجيال القادمة، لتعلم كمّ العذابات التي شيّد بها هذا البلد.

في الطريق

في المحطة المقابلة لمستشفى مدينة مولان الكبير، وقفت انتظر قدوم الحافلة بعد يوم مرهق قضيته بين مختلف الأقسام لإجراء بعض الفحوص التي قال لي الأطباء أنها ضرورية لتحديد أسباب ضيق التنفس الذي أعانيه منذ أمد، وهل لي حساسيّة من أشياء معيّنة، نظرت للجدول المحدد لوقت مرور الحافلة الذي كان معلقًا فوق عمود حديدي تعلوه خريطة المحطات، التي ستمر بها، فرأيت أنها لن تأتي قبل نحو ساعة أخرى، فشعرت بتعب على تعبي، و مكثت برهة أمشي جيئة وذهابًا، وقد بدت علامات الإرهاق على وجهي، فكانت أن تقدمت مني سيدة بعد أنْ تقابلت عينانا، وهي تهم بركوب سيارتها، ثُمَّ سألتني بلكنة فرنسية.

- هل من الممكن أن آخذك معي إن لم تر مانعًا.

فأجبتها بالفرنسية.

- على الرحب.

ثُمَّ كلمتني بالعربية.

- رأيتك متوترًا، و أنت تقف منتظرًا الحافلة، ففكرت أنّه ربّما يمكنني مساعدتك.

فأجبتها بالعربيّة أيضًا.

- يبدو أنك عرفت أني عربي والعربي بطبعه متوتر، لذلك اقترحتِ عليّ المساعدة.

- نعم ربّما، وحتى إن لم يكن ذاك، فنحن كلنا بشر في نهاية الأمر ومساعدة بعضنا البعض نابع من الإنسانية التي نشترك فيها.

- معك حق، فالإمام علي بن أبي طالب كرم الله، وجهه يقول « الناس صنفان، إمّا أخ لك في الدين، أو نظير لك في الخلق» وأنا أيضًا أتبع هذه القاعدة في التعامل مع الناس.

ركبت بجانبها بعد أن وضعت حزام الأمان، شغلت المحرك وانطلقنا.

- إلى أين تريد الذهاب.
- إلى لومي.
- جيد سأوصلك إلى هناك.

كانت محدثتي تبدو امرأة سعيدة، فثيابها الأنيقة والزينة، التي تضعها و رائحة العطر المنبعث من ثناياها جعلوني أغرق في بحر سعادتها، الذي كنت في مسيس الحاجة لمثله خاصة في هذه الظروف بالذات، التي أعاني فيها من التيه والإرهاق النفسي و الضياع بعد أن ضللت طريقي، فقلت في نفسي. لعلّ القدرَ أرسلها لي، لتعلمني. كيف أقبل على الحياة و اكتشف أسرار السعادة، و الطرق المؤدية إليها. وإنها لفرصة لو ضاعت لندمت عليها، و أنا هكذا تجول الخواطر في نفسي نطقت دون أن أشعر:

- تبدين سعيدة!

أجهشت المرأة بالبكاء، فارتبكت، ولم أدر ما أفعل إذ أحسست كأني شتمتها حين ذكرت لها السعادة، وسرعان ما اِلتقطت منديلًا ورقيًا من صندوق كان موضوعًا فوق لوحة القيادة، و ناولتها إياه، علّني أكفر عن هذا الذنب العظيم، الذي ارتكبته، ثُمَّ قلت من جديد:

- معذرة إن كنت قد أخطأت السؤال.
- لا عليك، أنا فقط مرهقة.

فسكت قليلًا، لأحدث نفسي من جديد، مرهقة، إن كانت هذه مرهقة فما يكون حالي إذن، كيف تقول هذا الكلام؟ ثُمَّ خيم صمت خفيف علينا إلى أنْ قالت:

- اسمي لينا.
- تشرفت بمعرفتك، وأنا منصور.
- مرحبا بك.
- معذرة إن كنت أزعجتك ببكائي.

قلت في نفسي قبل أن أجيبها، أزعجتني؟ كيف لفاتنة مثلك أن تنزعج. آه لو تركت هذا المقود، وارتميت في أحضاني. تبثيني وجعك، فأنا خبير بالأوجاع ومصارعها، وهب أنّي حملت عنك الوجع، فسأكون سعيدًا بذلك، يكفي أنه أوجع فاتنة مثلك، و سكن دواخلها، يا له من محظوظ هذا الوجع.

- لا، على العكس تماما، فنحن بشر في نهاية الأمر، و نحتاج دائمًا للتنفيس عمّا يختلج بواطننا.
- معكَ حق، فأنا لم أتمالك نفسي، لأنّي أعيش في بحر عميق من التعاسة.
- لكن مظهرك لا يوحي بذلك.
- هذه هي المصيبة، فكل من يراني يظن أني أسعد الناس، لكنَّ الحقيقة غير ذلك.
- و لماذا أنت على غير ما تبدين؟
- قصة طويلة.
- هيا، حطي عنك الأحمال.
- لديك وقت؟
- لك أنت فقط.

تبسّمت أخيرا، وضغطت على دواسة الوقود، فزادت سرعة السيارة، وزاد معها خفقان قلبي، وسرعة تنفسي، ثُمَّ مضينا، ولا أعلم إلى أين.

مبروك العيد

ليلة مولده كادت أمه أن تموت وهي تضعه، فمُذْ أحست بآلام الولادة، أرسلت ابنها البكر الأسعد في طلب سيارة تأخذها للمشفى إلا أنه لم يعثر على أية وسيلة نقل، فكان الأمل في الحاجة بريكة بنت علي التي دعوها لتوليدها إذ كان صيتها ذائعًا في المجال، فاستصعبت الأمر رغم خبرتها الطويلة وقالت:

- أي منحوس هذا الذي علق بالداخل، فلا يكفي أنه أطلّ برجل واحدة كذلك يأبى الخروج.

لهذا لم يكن أمامها من حلّ سوى تعليقها من إبطيها بحبل في حديد معقّف يتدلّى من سقف الغرفة و دعوة إثنتين من مساعداتها للإمساك برجليها، وتثبيتها بشكل جيد، والبدء في عملية الإنزال، وهي عملية صعبة جدًا. تبدأ بالضغط على المنطقة الفاصلة بين الصدر والبطن وصولًا إلى منطقة الحزام السفلي لتتواصل بالضرب على الأفخاذ والأجناب مع شد أصابع الأرجل، فكانت أم الأسعد في قاب قوسين من الهلاك بسبب الساعات الطويلة من العذاب المرير، الذي تعرضت له، إذ شحب وجهها، و غارت عيناها، و شعث شعرها، وبدا صياحها كمواء قطة عطشى ملقاة في فلاة، لا تجد ما يبل ريقها، لكنَّ بريكة لم تستسغ ذلك، فنهرتها وأمرتها أن تصمت، فهذه ليست المرّة الأولى التي تلد فيها، ولكن يبدو أن ذاك المتعوس زوجها الذي أفناه الحلّوزي لم يحرث الحقل كما يجب، هكذا قالت.

أمّا والده فلم يكن ساعتها موجودًا بالبيت فقد ذهب رفقة مجموعة قالوا بأنّ لديهم دفينة، و يريدون خبيرًا يساعدهم في استخراجها. و بحكم أنَّ له خبرة كبيرة بهذه الأمور، فإنّه ما

إنْ عُرِضَ عليه الأمر، فوافق. لكن خلال عملية التعزيم كاد يلقى حتفه أيضًا، فقد انفجرت في وجهه البعض من قوارير الزيت، التي كان يقرأ عليها تعويذاته، فأصابته في إحدى عينيه ممّا حجب عنه الرؤية ردحًا من الزمن. وأحدث هلعًا في صفوف الحاضرين، الذين تدافعوا للفرار ظنًا منهم أن الجنّ حارس الدفينة يهاجمهم، فسقط أغلبهم فوقه، وداسته الأرجل وهو ملقى على الأرض، وعينه تنزف، فشج رأسه، وتكسرت بعض أضلاعه، و كان يتنفس بصعوبة، و ممّا عكر وضعه أنه بقي هناك إلى ساعات الصباح الأولى دون أن ينجده أي من الذين كانوا معه خوفا من تبعات ذلك إذا ما وصل الخبر لعلم السلط الأمنية، ولولا أنْ صادف مرور بعض النسوة اللاتي كن بصدد جمع الحطب في المنطقة، فأطلقن عقيرتهن بالصياح لمات هناك وشبع موتًا. إذ لم يكن يستطيع حتى مجرد المشي على قدميه، فهبّ جمع من الناس، وقاموا بنقله على متن سيارة «بيجو باشي» لقسم الاِستعجالي بمستشفى المدينة، وهناك رفض الطبيب المناوب الكشف عنه قبل أن يتصل بالشرطة بعد أن شك في أنّه ربما تعرض لِاعتداء بالعنف، أو محاولة قتل حتى جاءت الشرطة، واستنطقته غير أنه ادّعى في بداية الأمر، أنّه سقط في حفرة بينما كان مارًا بالمكان، خاصة و أنّه يعاني نقصًا في النظر، لكن بمحاصرته بالأسئلة، ومع ارتباكه و تضارب أجوبته قرر الباحث أن يؤجل عملية الاِستنطاق لحين تعافيه بشكل كامل.

أمّا أخوه الأوسط، وأخته الصغرى، فكانا في ذلك الوقت بصدد جلب الماء من بيت عمتهما بعد أن انقطع عندهم بشكل مفاجئ، وما إنْ مرا بقرب صبير للتّين الشوكي شديد العلّو حتى جفلت الأتان فطرحتهما وسطه، فلم يبق مكان في جسميهما إلا واخترقته الأشواك ولولا أنّه تم إنقاذهما في

الوقت المناسب من قبل بعض الرجال الجالسين في أحد الحوانيت القريبة، حيث كانوا بصدد لعب الورق، لكانا قد هلكا، لكنّ عملية الإنقاذ لم تكن سهلة بالمرة إذ تطلبت تجند عدد كبير من الأشخاص مستعينين ببعض المساح و المناجل لقطع سيقان التين الشوكي، وألواحه التي بدا شوكها منتشيًا بانغراسه في تلك الأجساد الطريّة الغضّة، وما إنْ أخرجوهما حتى صاح أحد المتواجدين الذي يبدو أنه خبير بالتين و أسيافه قائلًا:

- أتركوهما هكذا، لا تحاولوا نزع الشوك من جسميهما و إلا ستقتلونهما.

والحكمة من ذلك كما فهم لاحقا أن ذاك الشوك المنغرس في جسدي الطفلين إن نزع فالخشية أن يكون قد مس أحد الأوردة، أو ما شابه ذلك. أمّا ما تركه، فبعد يوم واحد سيقيح كل الذي انغرس في الجلد، و سيخرج منه مكرهًا، وما بقي. فلا شك أنه يتطلب تدخل طبيب.

وفي أواخر الليل، فقد قام بعض اللصوص بالسطو على اسطبلهم، الذي لم يكن يضم سوى عنزتين و شاة، ليتركوه خاويًا إلا من بعض البعرات المتناثرة، ولم تنقض تلك الليلة الطويلة إلا بجهد و صبر كبيرين.

ومع صبيحة اليوم الموالي و قبل أن يُعثر على الأب و بينما كانت الأم طريحة الفراش لا تقوى إلا على التنفس، الذي كان في حد ذاته عملية شاقة تجعل كلّ ضلع من أضلعها يتلظى ألمًا. والطفلان الآخران مرميان بأحد الغرف تحت رعاية أخيهما الأكبر يراقب حالتهما، والأذى الذي لحق بهما، حدثت لأول مرة رجة أرضية خفيفة بالمنطقة لم تدم سوى ثانية، أو ثانيتين. لكنّها أحدثت خوفًا كبيرًا في قلوب الناس، الذين ظلوا لأيام متواصلة ينامون خارج بيوتهم رغم رسائل الطمأنة التي

مررتها مصلحة رصد الزلازل في وسائل الإعلام، لكنّ الناس كعادتهم لا يثقون كثيرًا في مصالح الدولة، وفي الإعلام الحكومي و الخاصّ أيضًا.

مرت العشرة أيام التي يفترض بالأب أن يقوم خلالها بتسجيل ابنه في سجل المواليد بالبلدية، نتيجة ما ألمّ به، و لمّا كان اليوم الحادي عشرة تحامل على نفسه، وتوجه لمكتب التسجيل، لكنَّ الموظف رفض و دعاه للتوجه للمحكمة، خرج قليلًا، ثُمَّ عنت له فكرة قدر أنها ستنقذه من قرف المحاكم، وطول إجراءاتها، فعاد مسرعًا، ومدّ الأوراق من جديد للموظف، الذي بدا مستغربًا، وهو يقول:

- ما بك يا هذا؟ ألم تفهم ما قلت لك؟ لماذا تدفع لي بأوراقك مجددًا؟ هل جد جديد؟

فتبسم و قال:

- نعم هناك الجديد، افتحها فقط.

فتح الموظف الملف، فكان أول ما اعترضه ورقة نقدية فئة عشرة دنانير، فضحك، و قال:

- قلت لك ممنوع.

فأضاف عشرة أخرى

- هذا مستحيل، الحكاية فيها سجن.

- فأضاف عشرة أخرى، وهو يقول هذه آخر ورقة عندي، سأنصرف.

فانقضّ الموظف على الملف برمته كوحش كاسر، وفي ثوانٍ دسه في درج أسفل مكتبه، و قال:

- عدْ نهاية الدوام، ستجد شهادة تسجيل ابنك.

وحين كان بالباب يهم بالخروج، خاطبه الموظف

- ولكنك لم تخبرني، ماذا ستسميه؟

فالتفت إليه، و قال:

- مبروك، مبروك العيد.

فانفجر الموظف ضاحكًا.

عاش مبروك حياة لا يميزها عن حياة الآخرين سوى التعاسة والفشل، إذ كان معتلّ الصحة كلما حاول فعل شيء ما إلا و أوصدت أبواب الحياة في وجهه، فأدمن كل مدمن، وعاقر كل معاقر، ولم يكن هناك بدّ من الهرب بعيدًا عن هذا الواقع.

وفي غمرة تراكم إخفاقاته و يأسه، الذي كاد يفني آخر آماله في السير مجددا في مسارات هذه الحياة الرحيبة، سمع أن أحدهم يقوم بتنظيم رحلات هجرة سرية نحو أوروبا، فطلب من أمه أن تعطيه مبلغ المال، الذي كان يدّخره عندها، و الذي حصل عليه كتعويض حين صدمته سيارة أوشكت أن تنهي حياته.

قدمت له أمه المال دون أن تسأله فيما يحتاجه، فسارع لمقابلة « الحراق »، واتفق معه، بعد أيام قليلة وجد نفسه في ليل داجن وسط مركب صغير يصارع موجًا كالجبال الشمّ في عرض المتوسط، فكان يتلاعب بهم، ويتقاذفهم كأنهم قطع من ورق، كانت وجهته إيطاليا، لكنَّ الأمواج التي تلاعبت بهم. وإضاعة الربان للبوصلة حوّلا وجهتهم نحو سواحل اليونان، التي لولا تدخل خفر سواحلها لإنقاذهم لأصبحوا طعامًا للأسماك.

تم وضعه رفقة من معه في مركز لجوء وقتي، سرعان ما خرج منه بضمان عدم الإقامة في اليونان، خرج وتاه وسط كفالونيا، بدت له اللحظات الأولى، كأنّها لحظات عودة الروح، والبعث من جديد، شعر بأن أبواب الجنة فُتِحَتْ له، الجمال، والدلال، والظلال، ورائحة العطور تخيم على الأجواء، كان كلما أوغل في المدينة يشهق دون أن يزفر، وكأنّه يملؤ صدره الفارغ. مكث بضعة أيام، ثُمَّ رحل لأثينا التي ابتلعته، حاول

العمل، لكنَّ جسده لم يطاوعه، فوجد نفسه ينام في محطات القطارات. بالكاد يجد ما يسد رمقه، تشرد و ضاع وسط الزحام ولولا بعض الأكل، الذي كان يحصل عليه من قبل التجار في سوق العرب، لهلك جوعًا، إلى أن كان في يوم مارًا بجانب كنيسة، ولم يكن يعرف أنها مقدسة عندهم، اِلتفت يمنة ويسرة، فلم يجد مكانًا يقضي فيه حاجته سوى حائط الكنيسة. وحين كان مستمتعًا بذلك، وقف خلفه شرطيان انتظراه حتى أنهى، ثُمَّ ألقيا القبض عليه بتهمة إهانة الرموز الدينية، وتحولت محاكمته إلى قضية رأي عام، ليس في اليونان فحسب، بل في عموم أوروبا، و ذلك بعد أن تداولتها الصحافة على نطاق واسع والضغط الذي مارسته منظمات حقوقية تطالب بتحويل الكنائس الفارغة لمراكز سكن وقتي للمهاجرين الغير شرعيين، ولطالبي اللجوء.

يوم المحاكمة غصت المحكمة بالنشطاء والمحامين والصحافة، فكان القاضي مجبرًا تحت هذا الكمّ من الضغوط للاستسلام وإسقاط قرار الترحيل، واكتفى بتغريمه بواحد أورو في حركة رمزية تثبت الإدانة.

خرج مبروك نجمًا، يتسابق الصحفيون للحصول على تصريح منه، ووقع عقودًا لا يدري لفائدة من؟ كثر المتداخلون في حياته، فأصبح لا ينام إلا بالحبوب المهدئة، ثُمَّ انتهى به المطاف مقيمًا بأحد المصحات النفسية، هناك، أينما قرر الأطباء ضرورة عودته لبلده وعائلته، عاد مريضًا بعد أن ضاعت منه نفسه.

كلب القافلة

قبل خروج الاستعمار الفرنسي، والجلاء الزراعي، كان التونسيون يقضون أيّامهم و لياليهم رُحّلاً من مضاربهم إلى حيث الحقول الخصيبة، حيث تحطّ رحالهم صيفًا للعمل عند المحتلّين لأراضيهم، بحثًا عن لقمة عيش عزّت في وطن لم يستردوه كاملًا .

جهّز جدّي وأخوه ونفر من عشيرتهم قافلتهم، فباتت جاهزة للرحيل في اتجاه الشمال التونسي في القافلة عشرة رجال، ومثلهم من النساء، وخمسة عشر شابا، ثلاثة أحمرة تحمل الزاد، بغلتان تحملان بيتين من الشعر، جملان تتناوب نسوة القافلة على ركوبهنّ و كلب.

عزمت القافلة على الخروج فجرًا قبل أن يستيقظ الأطفال الذّين عُهِد بهم لمجموعة من العشيرة، استبقيت لرعايتهم والمواشي. و في هكذا حال لا يستبقى إلاّ كبار السنّ، المرضى، الحوامل، الوالدات الجدد، وبعض الفتاء للحوول دون الطوارئ.

صلّى الجميع الصبح، ودعوا بدعاء السفر، وودّعوا بعضهم بالدموع، وانطلق الركب، سار جدّي في المقدمة يقود أحد الجملين، ويتبعه الجمل الآخر فيما تلته الأحمرة، ثمّ البغلتان. توزّع الفتيان على جانبي القافلة و مؤخرتها فيما كان الرجال يمشون بمحاذاة رأسها و وسطها. أمّا النسوة فالراجلات منهنّ يمشين وسط القافلة.

منذ خروج القافلة لاحظ جدّي أنّ هناك كلبًا تبعهم، ظنّ في البداية أنّه سيرافقهم لمسافة معينة، ثُمّ يرجع. فهكذا عادة

الكلاب الوفيّة لا يسهل عليها مفارقة أصحابها، لكنّ الكلب ظلّ يتبع القافلة .

كانت القافلة تسير نهارًا، و تبيت ليلًا، إذ يتخيّر الركب مكانًا آمنًا، ينيخون فيه حيواناتهم، ويقضون فيه ليلهم، لينطلقوا فجر اليوم الموالي، ستّة أيّام قضتها القافلة قبل أن تبلغ مقصدها، والكلب لا يفارقها، يمشي إذا مشت، وينزل أين نزلت.

وصل الركب مقصده، فوجدوا أنّ قوافل أخرى من مناطق أخرى من الإيّالة سبقتهم، اجتمع ملاّك الأراضي التونسيّة من الفرنسيين، و بدأ التفاوض. و بعد وقت قصير جدّا اتفق جدّي ومن معه مع جون فيلب للعمل عنده.

كان جون فيليب مغرمًا بتربية الكلاب، فقد كان يمتلك منها عدّة أنواع من سلالات أوروبية مختلفة فمنها الفرنسية، والألمانية، و بعضها من أوروبا الشرقيّة، والبعض الآخر من الدول الإسكندنافية، كما كان ينفق عليها بسخاء حتّى أنها تحيا حياة أفضل من كثير من التونسيين، فهو يوفّر لها اللحوم والمعلّبات التي تشحن لها خصّيصًا من فرنسا، كما أنّه متعاقد مع بيطريين يزورونه دوريًا للكشف عنها، ومؤخّرا جلب مدرّبًا خاصًّا يقوم بالإشراف عليها و رعايتها.

جدّي يعرف جون فيليب، فقد سبق أن اشتغل عنده، ويعرف شغفه بالكلاب، لكنّه لم يكن يفهم هذه المبالغة في عشق الكلاب، فالكلب يبقى كلبًا، ودوره الحراسة، وهو من يفترض أن يخدم الإنسان لا العكس، وقد كان يقول...غريب أمرهم هؤلاء القِورَّة لو فعلوا مع من يحتلونهم عشر ما يفعلوه مع كلابهم، لعمَّ السلام كلّ إفريقيا، وربّما العالم.

في أوّل يوم من الحصاد و بينما الجميع منهمك في العمل رأوا مجموعة كلاب جون فيليب التي كان مدرّبها بصدد ملاعبتها تتجمّع و تقوم بمهاجمة كلب القافلة الذّي كان وحيدًا، هاجمته بشراسة، حاول الدفاع عن نفسه، وردّ العدى، صمد في القتال، لكنّها كانت أكثر عددًا، وأحسن تدريبا، أثخنته بالجراح حتى لم يعد يقوى على الوقوف، جرى جدّي ومن معه من الرجال وخرج من بيته جون فيليب الذي بدا عليه السرور بما فعلت كلابه، سحب جدّي كلب القافلة، وأمر أحد الشباب بالعودة به لمكان مخيّمهم.

هناك ضمّدت له النسوة جراحه الكثيرة، وتركنه بجانب إحدى الخيام، عند عودته مساء سأل جدّي عن الكلب، فدلّوه على مكانه، ذهب ليراه لكن لم يجده.

أثّر مشهد مهاجمة كلاب جون فيليب لكلب القافلة، واستفرادهم به في جدّي، وفي جميع أفراد القافلة، وازداد تأثرهم بفقدانه وعدم ظهوره لأيّام متواصلة إلى أن كان أحد الأيّام. وبينما الجميع منهمك في الحصاد لاح من بعيد قطيع من الكلاب يقترب شيئًا فشيئًا، استوى جدّي لاستطلاع الأمر واضعًا يده اليمنى فوق جبينه، كمظلّة يحجب بها شعاع الشمس الحارقة عن عينيه، في البداية ظنّ أنّها كلاب جون فيليب في جولة مع مدرّبها، لكنّه انتبه حين التفت إلى أنّ كلاب جون فيليب مع مدربها في ناحية أخرى أكثر قربًا منهم، إذن كلاب من هذه؟

اقتربت مجموعة الكلاب، فعرفها جدّي بقائدها، الذي كان يتقدمها، إنّه كلب القافلة سليمًا معافى، صاح جدّي فيمن معه فوقف الجميع ينظر للمشهد وهم يقولون " سبحان الله."

مرّ قطيع الكلاب وكأنّه يعرف طريقه جيّدا ودون مقدمات هاجم مجموعة كلاب جون فيليب، حين رأى مدربهم ذلك هرب باتجاه البيت، عاد ومعه جون فيليب، وكلاهما يحمل سلاحًا ناريًا غير أنّ جدّي و الرجال الذين معه جروا باتجاه المعركة شاهرين مناجلهم حتى يمنعوا جون فليب والمدرب من قتل كلابهم و كادت تتطور الأمور إلى معركة بين الأدميين.

وقف الجميع يتفرجون على النزال الذي كان حاميًا و داميًا جدًّا، كان كلب القافلة نشطًا، و كأنّه ليس هو من كان يشرف على الهلاك قبل أيام، فقام بعضّ ونهش مفخرة كلاب جون فليب الكلب مارسال، و أثخن فيه، ومزّقه، انتقم لنفسه وشرفه و لم تنته المعركة إلا بطلقات في الهواء من سلاح جون فيلب فتفرقت الكلاب.

جمع جون فيليب كلابه فدفن من مات و كلّم البيطري، لكي يأتي ويفحص من بقي منهم حيًّا. أمّا جدّي وبقيّة القافلة، ففرحوا فرحًا لا يوصف بهذا النصر، وتعجّبوا كيف نجح هذا الكلب في فعل كلّ هذه الأمور؟ كيف عرف طريق العودة؟ وكيف تحامل على نفسه رغم جراحه الكثيرة إثر معركته الأولى، وعاد لمضارب العشيرة؟ وكيف نجح في جمع جميع الكلاب؟ وكيف عاد بها بعد أيّام عديدة لتعينه على الأخذ بثأره من كلاب جون فليب الفرنسي المحتلّ لأرض تونسية.

كان انتصارًا رمزيًّا جعل هذا الكلب مفخرة للعشيرة، وأحد أساطيرها، وظلّ يرافقها كلّما ارتحلت إلى أن مات، وهو يرافق جدّي الذّي دفعه مشهد قتال الكلب لكلاب جون فليب للانضمام للمقاومة المسلحة التونسية في مواجهة الاحتلال الفرنسي، فبعث به، لتقيم له العشيرة جنازة كجنازة كلّ الأبطال الذين حتّى و إن انهزموا فإنّهم لا ينامون دون ثاراتهم.

هراري

أعلنت بلدية المدينة عن اِنتداب مجموعة من عملة التنظيف، فقام عدد كبير من العاطلين عن العمل بمن فيهم خريجيّ الجامعات بالتسجيل لاِجتياز الاِختبار، فهي فرصة لا تعوض للظفر بوظيفة « مسمار في حيط» في مدينة لا يوجد بها سوى البطالة والمقاهي، وكان من بين المسجلين «العنتري» أحد أقدم البطالين في المدينة، الذي كانت حياته عبارة عن بطالة و تدخين قضى نصفها في المقاهي، و النصف الآخر يطارد سراب الشغل الذي أبى المجيء، فكان بطالًا مرسّما.

بدأ « العنتري » واسمه الحقيقي بوزيد. و بالاستعداد ليوم المناظرة التي بدت له أصعب من مناظرة الباكالوريا، والسيزيام التي لم يستطع مجاوزتها، لذا حرص أيّما حرص على حفظ أسماء جميع الأدوات المستعملة من قبل عمال النظافة وأنواعها، وأساليب الحماية المتبعة أثناء العمل وغيرها من المعلومات الكثيرة المتعلّقة بالنظافة البلدية، ولم يدر بخلده لحظة واحدة أن كل ما فعله لن ينفعه في شيء.

جاء يوم الاِختبار الذي كان شفاهيًا فقط، فتجمهر كل المشاركين أمام مبنى البلدية في صف ممتد معوج، وكأنّهم ضحايا حرب طويلة بانتظار حصصهم من الطعام، الذي توزعه فرق الأمم المتحددة، طالت فترة الاِنتظار إلى أن لاح أحد فرّاشي رئيس المجلس البلدي يتبازى، ثُمَّ هتف في الحاضرين قائلًا وهو يتقعر في الكلام:

- إسمعوا وعوا جيدًا ما سأقول، سنبدأ بالمناداة قبل الدخول، كل له ثلاث دقائق أمام لجنة المناظرة المكونة من فخامة رئيس

المجلس البلدي، وسعادة الكاتب العام، والأخ الفاضل ممثل الحزب في المدينة، ومن لم يسمع اسمه « يورّينا عرض أكتافه»، مفهوم!

ردّوا بصوت جماعي، مفهوم!

إلاّ العنتري، قال: يا له من وغد.

بدأ الفرّاش ينادي، فدخل المشاركون زرافات إلى أن انزرفوا، فلم يبق غير «العنتري» الذي أشعل سيجارة «الحلوزي» قبل الدخول، وأخذ نفسًا، ثُمَّ نفث الدخان، وهو يقول « تبخري يا نقودي، طيري في الهواء و سامحيني»

دخل فوجد أعضاء اللجنة شبه مستعدين للمغادرة، إذ كانوا واقفين، و غير مهتمين بوجوده، و كأنَّ الأمر حسم، فقد كان يظن أنه سيجلس و ستلقى عليه أسئلة كثيرة سيتفنن في الإجابة عنها، و لكنَّ شيئًا من هذا لم يحصل، بل كان سؤالًا واحدًا ذاك الذي ألقي على مسامعه من قبل رئيس المجلس البلدي الذي قال له:

- ما هي عاصمة الزيمبابوي؟

ثُمَّ أطلق عقيرته بالضحك حتى بان لهاته، كما انخرط الآخران في موجة هستيرية من الضحك، كأنّهما مغفلان في جلسة للحمقى، كل هذا و«العنتري» واجم لا يفهم ما يحصل، أين الأسئلة؟ وأين اللجنة؟ وأين الإختبار؟ وما هذه الزيمبابوي؟ من أين خرجت لي؟ والثلاث دقائق، يا أولاد القح....ة، أحلامي تضيع في ضحكات، في قهقهات.

ثُمَّ و بسرعة غير متوقعة و لا مفهومة أعلن في مساء نفس اليوم عن الناجحين في المناظرة، وكتبت أسماؤهم على ورقة مختومة بختم اللجنة المشرفة، وعلقت داخل إطار بلوري ببهو البلدية، فأصرّ « العنتري » على الذهاب مجددًا للبلدية، ليتثبت من القائمة المعلقة اسما تلو اسم، إذ كان لديه أمل

ميؤوس منه في أن يرى اسمه مكتوبًا، إذ حدّث نفسه بأنه ربما أخطأ الراقن في الكتابة، وكتب اسمه بالخطأ، فلعل وعسى أن يحدث. من يدري؟ كانت تخمينات عديدة و أماني لا مرجى منها تتلاعب و تتصارع داخله وهو في الطريق إلى أن وصل مبنى الأحلام، فوجد الفرّاش قد جلس على كرسي أمام الباب الخارجي، و وضع ساقًا على ساق، فاتحًا الثلاثة أزرار العليا من قميصه، فبدت شعرات صدره بازغة ، فقال في نفسه حين رآه، يا له من محظوظ هذا الط....ن!

وما إنْ جاوزه و هم بالدخول حتى صاح فيه:

- إلى أين؟ وكالة بلا بواب؟ أم تراني حجر أمامك؟

فأجابه:

- آه يا ولد...أهكذا تخاطب سيدك « العنتري»! أنزعت ثوبك القديم يا فطس!

ثُمَّ دلف، و لم يعره أي اهتمام، وصل للبهو، و وقف يتطلع في القائمة، فبدت له ألقاب الناجحين قبل أسمائهم:

...بن محمود

...بن محمود

...بن محمود

.بن سعيد.

.بن سعيد.

.بن سعيد.

خرج و هو يردد، عاصمة الزمبابوي؟ عاصمة الزيمبابوي؟ نام ليلته تلك و الأرق يكاد يفتك بأعصابه، فقد بحث و سأل كل من يعرفهم عن عاصمة الزيمبابوي ولكنْ، لا أحد دلّه، حتى أنه فكر في الاِتصال بالإذاعة و سؤالهم، لكنّه وجد أنَّ الوقت قد تأخر كثيرًا، و من المؤكد أيضًا أن حانوت عمارة، الذي به

الهاتف قد أغلق أبوابه، لهذا عدل عن الفكرة، ونام غضبان أسفًا.

وفي الغد بكّر بالخروج من البيت، وتوجه إلى المعهد الثانوي، وكأنه تلميذ ظمآن للعلم ومقاعده يبحث عما يطفئ نار جهله المستعرة، جلس أمام مدخل الأساتذة ينتظر أستاذًا بعينه إلى أن رآه، فانتفض كالمصعوق، وتوجه نحوه، ودون مقدمات قال:

- أستاذ محمد، أريد أن أسألك؟

فرد عليه:

تفضل يا « عنتري»، خير إنْ شاء الله -

- ماهي عاصمة الزمبابوي؟

قهقه الأستاذ محمد، فاستشاط « العنتري » غضبًا، و قال:

- ما الذي يضحك يا أستاذ؟ ألست من المفروض باب للعلم، وها أنا سألتك فأجبني

فقال له الأستاذ محمد:

- معذرة، أنا آسف، عاصمة الزمبابوي هراري.

تركه « العنتري » دون أن يسلم عليه، وهو يردد هراري، هراري، هراري.

مرت أيام قليلة قبل أن تضع زوجة « العنتري » مولودة، فأصر على تسميتها هراري رغم معارضة أمها، و جميع أفراد العائلة لغرابة الاسم، وعدم معرفة معناه، لكنّه قال:

- سأسميها هراري، شاء من شاء، وأبى من أبى، أريدها أن تذكرني دائما بتلك اللجنة.

لكنّه حين ذهب للبلدية، اصطدم برفض العون المكلف بتسجيل المواليد الجدد الذي رفض الاسم، ودعاه لتغييره بدعوى أنه ليس اسمًا عربيًا غير أن « العنتري » أصر على موقفه، وكاد يشتبك معه، لولا تدخل الكاتب العام الذي ما إنْ

رآه « العنتري » حتى ازداد إصراره، وأمام هذا الوضع اقترحوا عليه تحويل الأمر للمحكمة، فإن قضت لفائدته عندها سيسجلوها بهذا الاسم، لكنّه لم يقبل المقترح، و خرج غاضبًا، ومتوعدًا بأنه لن يتراجع عن موقفه.

في طريقه من البلدية للمقهى، رأى لافتة كبيرة علقت بوسط المدينة، و قد كتب عليها « مرحبا يا سيادة الوالي، حللت أهلًا ونزلت سهلًا»

جاء الوالي عصر السبت، فاحتشد الناس رجالًا و نسأء. ووقف أعضاء الحزب في طابور لتحيته، وتدافع الحضور لتبليغه شكرهم الموصول، و امتنانهم لفائق عنايته، وجوده عليهم، و تبليغ عهدهم الدائم لسيادة الرئيس إلا واحدًا كان يدفع الناس، فطرح من طرح أرضًا، وسار فوق رؤوس البعض الآخر إلى أن وصل لأول صف حينها لم يعد بينه و بين الوالي سوى بضع أمتار فخاطبه:

- سيد الوالي، سيد الوالي.

فالتفت له، قائلا:

- تفضل.

فقال « العنتري»:

- لديّ سؤال!

ردّ الوالي:

- هات سؤالك.

قال « العنتري»:

- ماهي عاصمة الزمبابوي؟

فبهت الوالي و ارتبك، ثمّ علت صيحات الحضور « يحيا، يحيا » وامتدت أيدي كثيرة « للعنتري » تتجاذبه، فغاص وسط الزحام مرددًا « سبب انهياري من هراري»

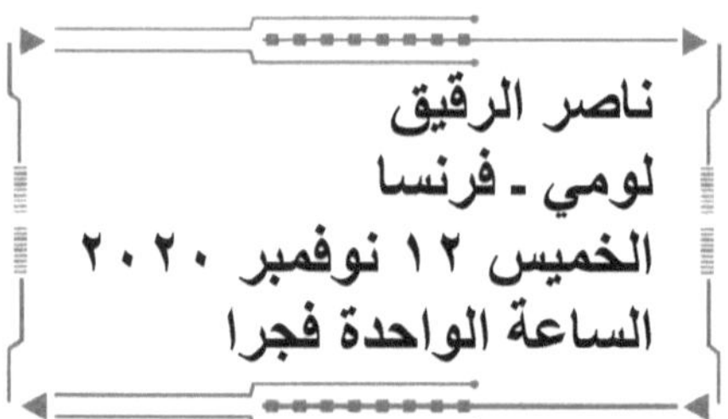
ناصر الرقيق
لومي - فرنسا
الخميس ١٢ نوفمبر ٢٠٢٠
الساعة الواحدة فجرا